电脑生活多彩书

拍客新主张——摄影篇

黎文锋　编　著

清华大学出版社
北　京

内 容 简 介

全书从数码单反相反(DSLR)的选购、原理、结构讲起，然后从摄影理论基础和数码单反相机的使用作为起点，按照数码摄影的学习历程，配合大量摄影作品范例循序渐进地介绍了 DSLR 的使用以及数码摄影知识。其中包括从数码相机的设置，到测光和曝光的控制、自然和人工光线的运用等技术内容，以及四季、风景、夜景、自然生态、人像摄影等题材广泛的拍摄方法和技巧等内容。阅读本书，读者不仅可以建立完备扎实的数码摄影基础，还可以学习到摄影大师独特的摄影技巧。

本书内容全面、图文并茂，不但适合初学者进行相机设置和构图的入门学习，也适合计划购买数码单反相机、想加入单反摄影爱好者队伍、希望系统学习数码单反摄影技术的读者阅读使用。

图书在版编目(CIP)数据

拍客新主张——摄影篇/黎文锋编著. --北京：清华大学出版社，2012.3
(电脑生活多彩书)
ISBN 978-7-302-27466-7

Ⅰ. ①拍… Ⅱ. ①黎… Ⅲ. ①数字照相反—摄影技术 Ⅳ. ①TB86 ②J41

中国版本图书馆 CIP 数据核字(2011)第 239380 号

责任编辑：汤涌涛 陈立静
装帧设计：杨玉兰
责任校对：周剑云
责任印制：李红英
出版发行：清华大学出版社
　　　　网　址：http://www.tup.com.cn，http://www.wqbook.com
　　　　地　址：北京清华大学学研大厦 A 座　邮　编：100084
　　　　社总机：010-62770175　　　　　　　　邮　购：010-62786544
　　　　投稿与读者服务：010-62776969，c-service@tup.tsinghua.edu.cn
　　　　质 量 反 馈：010-62772015，zhiliang@tup.tsinghua.edu.cn
印　刷　者：北京鑫丰华彩印有限公司
装　订　者：三河市新茂装订有限公司
经　　　销：全国新华书店
开　　本：140mm×203mm　　印　张：7.875　　字　数：302 千字
版　　次：2012 年 3 月第 1 版　　印　次：2012 年 3 月第 1 次印刷
印　　数：1～4000
定　　价：25.00 元

产品编号：043260-01

前 言

随着数码单反(DSLR)相机的普及，数码单反相机在摄影领域中已经成为主要的工具，同时摄影也随着数码相机的出现和普及，变成了大众对美的一种追求。不管是旅游中看到的壮丽山河风光，还是眼前婀娜多姿的美女人像；不管是世界各地的人文习俗，还是天地间的百花万草；不管是触动心灵的纪实场景，还是节日庆祝的焰火表演，都可以轻易地通过数码单反相机将所有的画面记录下来。但是记录归记录，要获得良好的拍摄效果和吸引人的画面，还需要摄影者对摄影技术有一定的掌握和对环境的认知与布局，这就需要多学、多练、多想才能做到。

全书从DSLR相机的选购、原理、结构讲起，然后从摄影理论基础和数码单反相机的使用作为起点，按照数码摄影的学习历程，配合大量摄影作品范例循序渐进地介绍了DSLR相机的使用以及数码摄影知识。其中包括从数码相机的设置，到测光和曝光的控制、自然和人工光线的运用等技术内容，以及四季、风景、夜景、自然生态、人像等题材广泛的拍摄方法和技巧等内容。阅读本书，读者不仅可以建立完备扎实的数码摄影基础，更可学习到摄影大师独特的摄影技巧。

本书共分为10章，每章具体的内容安排如下。

第1章：首先讲解数码单反相机的构造、工作原理以及优势，然后从相机机身、镜头和配件等方面，详细讲解数码单反相机的选购。

第2章：主要介绍数码摄影的理论基础知识，其中包括常见的摄影术语、拍摄的设置以及景深的概念和应用。

第3章：主要介绍数码单反相机的机身结构、配件的安装以及相机的基本设置和使用。

第4章：主要介绍使用数码单反相机拍摄的基本方法，其中包括使用相机不同的拍摄模式、使用相机的自动对焦和手动对焦功能、设置曝光、设置白平衡和色温。

第5章：通过讲解数码单反相机镜头、滤镜和闪光灯的应用，更深入地介绍利用数码单反相机配件拍摄出优质照片的方法和技巧。

第6章：主要介绍摄影中构图方法的运用，其中包括基本构图和其他不错的构图方法，例如，平衡式构图、对角式构图、曲线型构图、变化式构图、渐进视觉构图等。

第7章：主要介绍光的特性、光与色彩的关系以及光在摄影中的各种应用，并从多个方面介绍光在室外摄影和室内摄影中的运用和布光技巧。

第8章：主要介绍一年四季的各种主题拍摄方法和相关技巧，其中包括春季花草拍摄、夏季荷花拍摄、秋季风景和树叶拍摄、冬季雪景和冰雕拍摄等内容。

第9章：主要介绍夜景拍摄的特点、基本方法和相关技巧，并通过城市夜景拍摄、城市焰火拍摄和夜景人像拍摄三个主题拍摄来说明夜景拍摄的各种技术的运用。

第10章：主要介绍人像题材的拍摄方法，其中包括人像拍摄基本方法，以及拍摄儿童、拍摄模特、拍摄全家福等类型照片的方法和技巧。

本书的章节结构经过精心安排，依照最佳的学习流程和学习习惯进行教学，内容全面、图文并茂，不但适合初学者进行相机设置和构图的入门学习，也适合计划购买数码单反相机、想加入单反摄影爱好者队伍、希望系统学习数码单反摄影技术的读者阅读使用。

本书由黎文锋编著，参与本书整理和审校工作的还有吴颂志、黄活瑜、黄俊杰、梁颖思、梁锦明、黎彩英、林业星、黎敏、刘嘉等。

在本书的编写过程中，我们力求精益求精，但难免存在一些不足之处，敬请广大读者批评指正。

编　者

目　录

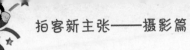

拍客新主张——摄影篇

第1章

数码单反相机及配件选购

认识数码单反(DSLR)相机

自从数码单反相机诞生以来，整个摄影界发生了巨大的变化。我们可以使用数码单反相机做很多胶片相机无法胜任的工作，拍摄本身由此变得更加简单。

选购数码单反相机

数码单反相机虽然价格在不断下降，但算起来还是需要一笔不小的资金，因此，学会如何使用有限的预算选购到合适的数码单反相机是成为单反玩家很重要的一步。

选购数码单反相机的镜头

镜头是一部相机的灵魂，对于单反数码相机来说，镜头更是不可缺少的主配件。因此，镜头的选购与使用是摄影师最不可忽视的要素之一。

数码单反相机配件的选购

通过配件的使用，能够轻松使用数码单反相机满足不同的拍摄需要，让数码单反相机在安全、稳定的情况下完成拍摄。

1.1 认识数码单反相机

作为数码相机中的高端产品，数码单反相机成为很多专业摄影师、摄影爱好者追求照片质量的首选。近年来，数码相机市场更是火爆，大量消费者开始关注和钟情于数码单反相机，加快了数码单反相机向平民化趋势发展的步伐。

1.1.1 数码单反相机简述

数码单反相机就是单镜头反光数码相机，即Digital(数码)、Single(单独)、Lens(镜头)、Reflex(反光)的英文缩写DSLR(Digital Single Lens Reflex)。市场中的代表机型常见的有尼康、佳能、索尼、宾得、徕卡等。此类相机一般体积较大，质量比较重。

DSLR相机的感光器件是CCD或CMOS，对于数码相机来说，数码单反比起普通数码相机具有尺寸更大的感光器件，因此在色彩和亮度的表现上会更为出色。

Sony Alpha A350数码单反相机

Nikon D60数码单反相机

1. DSLR相机的内部构造

DSLR相机应用针孔成像的原理，通过各种镜头组、光圈、快门、反射镜、五棱镜、感光元件、数码信号处理电路和存储卡等组合而成。

尼康D3内部构造设计图

尼康D3切割截面图

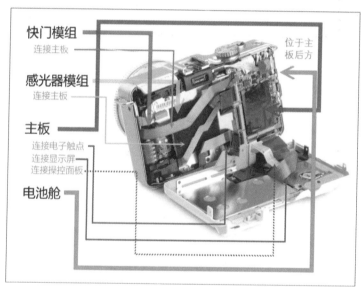

DSLR相机内部硬件分析图

2. DSLR相机的工作原理

DSLR相机使用的是单镜头反光系统工作原理。其工作过程如下。

(1) 光线通过镜头照射到反光镜上。

(2) 反光镜将光线反射到五棱镜上。

(3) 五棱镜将光线折射到光学取景器中，拍摄者即可从取景器中看到拍摄对象。

(4) 当拍摄者按下快门后，反光镜迅速升起。

(5) 从镜头中入射的光线直接照射到感光器件(如CCD、CMOS)上。

(6) CCD或者CMOS感光元件感受到的光学信息通过中央处理器转化为数码信息，存储到记忆媒介中。

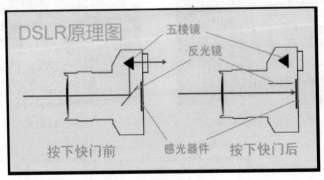

DSLR工作原理

提示： 五棱镜通常是一整块实心的玻璃经过切削研磨而成，在外表(除与对焦屏和取景目镜相接的两个面外)均镀上反光材料，在其内部形成镜面反射。

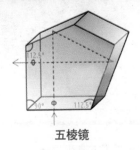

五棱镜

1.1.2 数码单反相机的优势

数码单反相机与普通的数码相机相比有着众多的优势。

1. 优秀的成像质量

因为数码单反相机中感光器的面积远大于消费级相机中感光器的面积，所以以像素密度相对大大降低，因此在宽容度、解像力和高感光度下的表现远远超越消费级相机。感光器的尺寸也是消费级相机在销售中最不愿意涉及的因素，厂商往往都会以高像素等其他指标分散用户的注意力。

实际上，感光器的尺寸指标对成像影响的重要程度远在像素数量之上。消

费级相机的感光器尺寸最大不过是1/1.7英寸，而单反相机的感光器面积则大多是APS-C规格(23.7mm×15.6mm)，到与135底片一样大小的全幅面尺寸(36mm×24mm)。

2. 迅捷的快门

DSLR相机的快门是纯机械快门或电子控制的机械快门，快门时滞极短，按下快门后能立即成像，是抓拍的利器。

DSLR相机的开机速度只有几百毫秒，连拍速度也很快。而消费级相机则是纯电子快门，存在严重的快门时滞问题，这一弱点堪称消费级相机的软肋，因此，它拍静物尚可，但不适合抓拍运动的物体。

跳跃时的抓拍

甩头时的抓拍

3. 镜头取景，所拍即所见

单反相机的取景是通过镜头取景，看上去很亮堂，而且所看到的画面就是将要拍到的，通透的光线使对焦时更容易观察。

消费级相机是通过感光器与LCD取景，在亮度和色彩的观察方面均与实际存在一定的误差，不易察觉，在暗处更会看不清画面。消费级相机上即便有光学取景器，其光路也不是从镜头中穿过，因此存在误差。

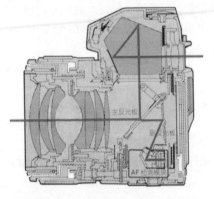

反光镜和五棱镜的独到设计使得摄影者可以从取景器中直接观察到通过镜头的影像

4. 可以更换镜头

DSLR相机可以根据拍摄主题来确定使用何种镜头，并且可以更换这些镜头；而消费级相机的镜头无法更换，镜头质量也比DSLR相机的镜头要差得多。

DSLR机身 　　　　　　　　　　　　　DSLR镜头

5. DSLR相机拥有大量的手动功能

DSLR相机可以方便地进行手动变焦，手动设定拍摄参数等，可以进行一些特殊的拍摄(如用B门拍焰火)。而很多消费级相机都是自动的(特别是卡片机)，多数相机没有手动变焦环，要靠马达自动变焦，因为变焦和对焦的速度慢，会丧失很多拍摄良机。

很多人认为自动比手动好，其实这是一个误区，只有自动功能而没有手动功能的相机往往是低端相机，因为自动的精确性和速度远远达不到手动那么高。

丰富的手动调整功能　　　　　　　通过操作机身设置不同的拍摄模式

1.2　数码单反相机的选购

数码单反相机曾经是高档商品，但随着近年来价格的不断下降，DSLR已经渐渐地走入很多摄影发烧友，甚至一般家庭的日常生活，用"许多的人已拥有，更多人在追求"来形容它就最合适不过了。

1.2.1　DSLR相机的选购原则

由于DSLR相机的流行，大家都想拥有自己的DSLR相机，但很多人对DSLR相机的认识不够，在选购时经常会碰上种种问题和困惑。在此有必要向想购买DSLR相机的各位列举以下四点选购的基本原则。

1. 确定相机的需求

所谓"物尽其用"，如果花了钱，却买到不合适的数码相机，那只能捶胸叹气了。在购买DSLR相机前，要先想好自己需要相机来做什么，抱着这个目的去选购，才会选到适合自己的相机。

2. 认识相机品牌

目前，DSLR相机的生产商有很多，它们都有各自的品牌。认识这些数码相机品牌，了解到各自的特点与不足之处，可以为选购提供有效的参考。

3. 了解相机的规格

DSLR相机的规格是判断其性能的依据，如果连基本的相机规格都不了解，又怎能知道买的这个相机是好还是坏呢？

4. 细心进行交易

选购DSLR相机毕竟是一种金钱交易，心细地进行选择对比，才会让金钱花得物有所值。

1.2.2 DSLR相机的选购分析

按照DSLR相机的价格和性能来分，可以分为入门级数码单反相机、中端数码单反相机和专业级数码单反相机三种。用户可以按照自己的需求和可以接受的价格来选购不同级别的数码单反相机。

1. 入门级DSLR相机

入门级DSLR相机主要是指单机价格在5000元以内的数码单反相机。受成本限制，这个价位的数码单反相机通常采用塑料机身和价格比较低的五棱镜取景器，同时，该类数码单反相机的连拍速度也不高，一般都是3fps。

对于入门级摄影爱好者来说，入门级数码单反相机相对一般消费类数码相机最大的优势就在于：大尺寸传感器所带来的高画质以及可以更换镜头所带来的对画质的升级空间。

> **提示：** 连拍功能是通过节约数据传输时间来捕捉摄影时机的。连拍模式通过将数据装入数码相机内部的高速存储器(高速缓存)，而不是向存储卡传输数据，可以在短时间内连续拍摄多张照片。连拍一般以帧为计算单位，好像电影胶卷一样，每一帧代表一个画面，每秒能捕捉到的帧数越多，连拍功能就越快。目前，入门级的数码单反相机连拍速度一般为3帧/秒(帧/秒，称为速率，英文以fps表示)。

大部分入门级数码单反相机都已经过渡到了1000万像素的水平。考虑到高像素对画质、冲印尺寸以及后期编辑的便利性，建议不选择600万像素以下的产品。

佳能500D套机（可配18～55mm镜头）

尼康D3000套机（可配18～55mm镜头）

索尼A550套机（可配18～55mm镜头）

奥林巴斯E-520（可配14～42mm镜头）

2. 中端DSLR相机

　　一般来说，单机价格在5000元以上的非专业数码单反都称作中端数码单反相机。这类DSLR相机一般有以下三个特征。

　　1）　金属机身

　　金属机身有更高的可靠性和耐用性，手感好。

　　2）　较高的连拍速度

　　在单位时间内能捕捉更多的画面，这对于新闻摄影、生态摄影以及体育摄影都特别有用。

　　3）　较强感光度

　　在更昏暗的光线下保证较高的快门速度，但是画面噪点也会因此而上升。

当然，上述特征也并非绝对，一些在其他方面表现优异(例如机身密闭性能、光学取景器、成像效果、机身防抖、传感器除尘等)的数码单反相机尽管没有全部达到这些标准，但是依然可以被定义为中端产品。

提示： 购买中端数码单反相机的用户一定会对所属品牌的镜头非常关心，该品牌镜头在市场上是否容易购买、自己需要(或者以后有可能需要)的镜头价格是否合理、镜头种类是否丰富等都是需要考虑的因素。

佳能EOS 50D(可配18～105mm镜头)

尼康D90(可配18～105mm镜头)

尼康D300s(可配18～105mm镜头)

奥林巴斯E-30(可配18～105mm镜头)

3. 专业级DSLR相机

目前，专业级数码单反相机几乎全部采用集成竖拍手柄的一体化设计，并且采用全金属的机身材料和严谨的机身密封技术。

与中端数码单反相机相比，专业级数码单反相机最突出的特点就是操控上更加强大，可靠性和扩展性也更加优秀。

另外，根据目标用户的不同，专业级数码单反相机在性能上也有提高。例如，有的倾向于更高的画质以对应广告摄影，而有的则倾向于更高的连拍速度以对应体育摄影。

佳能1Ds Mark III(可配28～300mm镜头)

尼康D3X(可配24～70mm、70～200mm双镜头)

佳能1D Mark IV(可配24～70mm、70～200mm双镜头)

尼康D3S(可配24～70mm镜头)

1.2.3　DSLR相机主流品牌

认识DSLR相机的产品市场，能够让我们了解到最新的产业发展动态，在相机选购上也有所帮助。

日本制作数码相机的技术成熟，在市场上占有相当大的比例。其中DSLR相机的主流品牌有Nikon、Canon、SONY、Olympus、Pentax等。

Nikon、Canon最初是光学摄影器材制作商，其将制作传统相机的技术加入到数码相机，生产出具有优秀光学镜头的数码相机。

SONY感光器CCD技术非常优秀，它除了生产CCD供自家产品使用外，也提供给其他相机制作商使用。

Olympus拥有优秀的镜头和出色的产品设计技术，并将其应用到数码相机上，Olympus的数码相机在外形上非常时尚。

Pentax主要生产眼镜和放映镜头。1951年公司试制成第一台35mm单反相机，从此公司一直专门从事单反相机的生产。

近年来，美系厂商纷纷加强了对数码相机领域进军的步伐，日渐成为日系厂商的有力对手。美系数码相机有Kodak(柯达)和Leica(徕卡)两个主流品牌，其中Leica(徕卡)的单反数码相机相当出色。

1.2.4　DSLR相机的水货和行货

水货：泛指原本是在国外或香港销售，没有正规报关进口手续和渠道而进入国内的相机产品。

香港行货：是水货中的一种，是指在香港买的相机，以自己私人的名义带回内地。同样的，日本行货就是在日本买的相机，以自己私人的名义带回国内。

行货：又称大陆行货，是厂家通过正规途径、正当渠道在中国大陆地区合法销售的产品。

一般来说，水货会比国内行货要便宜，每个不同的型号价格差别不同，其价格相差的幅度从100元~3000元不等。另外，行货可以凭发票在全国各地联保保修一年，一年之后，收费维修。对于水货产品，全国各地的维修服务站可以收费维修，相当于国内行货买了一年之后的状态，不过一般可由出售者负责保修一年。

1.2.5　交易时需注意的事项

进行交易时也必须细心、谨慎，因为很多消费者就是"栽"在交易这一环。

在交易时，当场查看外观是否完好、是否有刮痕、液晶屏幕是否完好、有无坏点等问题。

技巧：将相机调整到AUTO模式拍摄样张，查看样张的同时也查看存储卡里面是否还留有其他无关相片，如果有，说明这台相机是被使用过的，应当立即要求更换。

测试一下相机的各项性能是否正常，以确保相机可以正常使用。

查看相机配件。一般在外包装或说明书上都会写明内含的所有配件，买家必须仔细核对这些配件，包括电池、随机附送的存储卡大小、类型等，必要时可要求销售商当面清点。

1.3　数码单反相机镜头的选购

　　数码单反相机已经进入了全面普及的阶段。不过，与之相关的镜头产品却不为大多数人所了解，面对种类繁多的镜头产品，很多用户不知道该如何选购。

1.3.1　镜头的分类和特点

　　对于单反数码相机来说，镜头是不可缺少的主配件。因此，镜头的选购与使用，是摄影师最不可忽视的要素之一。

　　标准景观的定义其实是拍摄时的水平视角，就是人们观察周围世界时的场景，也就是说人们观看一个场景时所能清晰地看到的区域与标准镜头所得到的大致是一样的。

1. 标准镜头

　　标准镜头对于一部单反数码相机是否标准，取决于相机中所使用的胶片大小，底片越大，产生覆盖"标准景观"的影像所需要的镜头焦距越长。对于35mm胶片的焦距，在50mm左右的镜头都被认为是标准镜头。

标准镜头与不同胶片尺寸的对应关系表

胶片尺寸	标准镜头的焦距
35mm	50mm
4英寸×5英寸	150mm
8英寸×10英寸	300mm

2. 长焦镜头

　　长焦镜头的焦距长，视角小，在底片上成像大，所以在同一距离上能拍出比标准镜头更大的影像，适合于拍摄远处的对象。由于它的景深范围比标准镜头小，因此可以更有效地虚化背景，突出对焦主体，而且被摄主体与相机一般相距比较远，在人像的透视方面出现的变形较小，拍出的人像更生动，因此人们常把长焦镜头称为人像镜头。

长焦镜头

　　长焦镜头的镜筒较长，重量重，价格相对来说也比较贵，而且其景深比较小，在实际使用中较难对准焦点，因此常用于专业摄影。

使用长焦距镜头拍摄时，一般应使用高感光度及快速快门，如使用200mm的长焦距镜头拍摄，其快门速度应在1/250秒以上，以防止手持相机拍摄时因相机振动而造成影像虚糊。在一般情况下拍摄时，为了保持相机的稳定，最好将相机固定在三脚架上；无三脚架固定时，尽量寻找依靠物来帮助稳定相机。

> **提示：** 长焦距镜头按其光组结构的不同，又可分为一般远摄镜头、倒置远摄镜头和反射式远摄镜头三种。

3. 广角镜头

广角镜头是一种焦距短于标准镜头、视角大于标准镜头、焦距长于鱼眼镜头、视角小于鱼眼镜头的摄影镜头。

广角镜头又分为普通广角镜头和超广角镜头两种。135相机普通广角镜头的焦距一般为24~38mm，视角为60~84度；超广角镜头的焦距为13~20mm，视角为94~118度。由于广角镜头的焦距短，视角大，在较短的拍摄范围内，能拍摄到较大面积的景物。

广角镜头

4. 变焦镜头

变焦镜头是在一定范围内可以变换焦距，从而得到不同宽窄的视场角、不同大小的影像和不同景物范围的相机镜头。变焦镜头在不改变拍摄距离的情况下，可以通过变动焦距来改变拍摄范围，因此非常有利于画面构图。由于一个变焦镜头可以担当起若干个定焦镜头的作用，外出旅游时不仅减少了携带摄影器材的数量，也节省了更换镜头的时间。

变焦镜头的好处在于，它将一定范围内不同焦距集成到一个镜头中。假设有一个28~105mm的变焦距镜头，那么就像同时拥有了28mm、50mm、85mm、105mm的镜头一样，而且还可以使用其中任意焦距。

变焦镜头

　　变焦镜头中的镜片组可以移动，导致它们相互之间的关系发生变化，从而改变镜头焦距和影像的大小。

　　变焦镜头的缺点在于和定焦镜头比，它更贵一点，光学质量也相对差一点，变焦的范围越大，它的缺点就越明显。变焦镜头最好在光线充足的场景下使用，因为它的最大光圈很小。

　　在使用变焦镜头的时候，要确认相机的快门速度是否够快，避免相机抖动所产生的影像模糊。在室外拍摄使用变焦镜头的效果还是很好的，如果在室内光线不足的情况下，就需要使用f/2.8固定光圈的变焦镜头。

　　5. 微距镜头

　　微距镜头是一种用作微距摄影的特殊镜头，主要用于拍摄十分细微的物体，如花卉及昆虫等。为了对距离极近的被摄物也能正确对焦，微距镜头通常被设计成能够拉伸得更长，以使光学中心尽可能远离感光元件，同时在镜片组的设计上，也必须注重近距离下的变形与色差等的控制。大多数微距镜头的焦长都大于标准镜头，可以归类为望远镜头，但是在光学设计上可能不如一般的望远镜头，因此并非完全适用于一般的摄影。

　　微距镜头在近摄时具有很不错的解像力，可在整个对焦范围内保持成像质量不发生太大的变化。一般的摄影镜头主要用于拍摄通常焦距内的景物，它不能直接用来近摄。

微距镜头

　　6. 超远摄镜头

　　超远摄镜头一般是指焦距在300～600mm以上的镜头，其特点是景深极浅，在拍摄移动的主体时，光圈几乎是全开的状态，此时，景深几近于零，所以除了对焦的那一点，其他部分呈现模糊的状态，因此对焦就必须特别慎重。

　　拍摄不动的主体或在逆光状态下，可以缩小光圈，但使用慢速快门的话，又怕手会抖动，若要兼顾快速快门和缩小光圈，请使用三脚架固定相机，并使用高感度胶卷。

超远摄镜头1

超远摄镜头2

1.3.2　镜头选购的几个要点

镜头是一种奢侈的消遣品，要花去不少资金才有可能拥有，而选购一款适合自己的款式就必须全面考虑自己的实际情况，并根据自己的情况去挑选能够满足需求和胜任拍摄要求的镜头。

1. 明确变焦的能力

对于镜头来说，焦距是其重要指标。由于CCD面积较小，标准的焦距值也较小，为了方便比较，厂家往往会给出一个对应35mm传统相机的对应值。购买时应认清换算成35mm相机的焦距值，否则就有可能买回不太适合自己工作需要的产品。例如f8-24mm镜头，实际相当于35mm相机的38～115mm变焦镜头。

入门级的DSLR相机多会配备固定焦距的标准镜头，即镜头的焦距是固定的，在拍摄时会受到许多限制，这样的产品价格相对便宜。中高档的DSLR相机则都配备可以变焦的镜头，变焦镜头的主要用途是将要拍摄的图像拉近。因此在选择是否带有镜头的变焦能力时，一定要在价格和用途上进行平衡，做出性价比的最佳选择。

2. 最大光圈的指标

光圈的英文名称为Aperture。光圈是一个用来控制光线透过镜头进入机身内感光面的光量的装置，它通常是在镜头内。我们平时所说的光圈值F2.8、F8、F16等是光圈"系数"，是相对光圈，并非光圈的物理孔径，它与光圈的物理孔径及镜头到感光器件(胶片或CCD或CMOS)的距离有关。

表达光圈大小是用F值。光圈F值 = 镜头的焦距/镜头口径的直径，从以上的公式可知，要达到相同的光圈F值，长焦距镜头的口径要比短焦距镜头的口径大。完整的光圈值系列如下：F1，F1.4，F2，F2.8，F4，F5.6，F8，F11，F16，F22，F32，F44，F64。光圈其实与价格是挂钩的，大光圈一般都是高档次高价格，光学性质也更好。

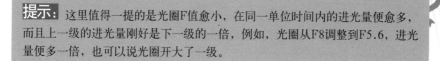

提示： 这里值得一提的是光圈F值愈小，在同一单位时间内的进光量便愈多，而且上一级的进光量刚好是下一级的一倍，例如，光圈从F8调整到F5.6，进光量便多一倍，也可以说光圈开大了一级。

3. 做好价格预算

要购买单反数码相机的镜头，需要有一笔不少的预算。虽然玩单反数码相机不需要有非常好的经济基础，但有多少钱办多少事，这是选购镜头时必须要考虑的。

在价格上，买家可以持一个观点进行选购，就是集中力量办大事，简单来说，就是最常用的要买最好的，不常用的可以适当减少支出。

另一个观点是不要盲目追高，镜头是一分价钱一分货，同焦段不同档次的镜头，价格会相差几倍甚至几十倍，但画质差别不大，特别是不同档次的定焦镜头尤不明显。而一般爱好者立足于玩，应在自己的承受价格范围内选购适合自己需求的镜头，没必要过分追求高配置。

4. 买原厂还是买副厂

一般来说，建议选购与DSLR相机配套的原厂镜头。这主要是原厂镜头质量更好，但价格也会比较贵。

对于一些评价高的副厂镜头也可考虑，如腾龙90微距、适马部分镜头等，但副厂镜头个体差异大，要注意挑选，而且最好要现场试拍，以确定镜头的拍摄效果。

1.4　常用配件及其选购

数码单反相机和普通数码相机一个重要的区别就是：前者具有很强的扩展性，除了能够继续使用偏振镜等附加滤镜和可换镜头之外，还可以使用其他专业的配件来达到良好的拍摄效果，例如，搭配一个优秀的闪光灯，以及其他的一些辅助设备，可以大大增强DSLR相机适应各种环境的能力。

1.4.1　滤镜

在胶卷时代，风景摄影师都要随身携带大量的滤色镜，如中黄，浅红，灰渐变，星光镜等，所以摄影背心都有很多口袋。

在数码时代，大部分的滤色镜都可以用电脑后期制作来替代。虽然如此，还是有少数滤镜效果无法通过后期编辑来实现，例如偏振镜。

对于专门使用DSLR相机的摄影者来说，一般建议只要购买下面介绍的滤镜就行。

1. 偏振镜

不管有多强大的后期制作能力，也比不上一张原本就拍得清晰干净的图片。偏振镜从古至今都是拍摄风景片必不可少的工具，它可以消灭玻璃和树叶的反光，使色彩更加浓郁，蓝天更加蓝，白云更加白，拍瀑布的时候还可以当中灰减光镜用，把流水拍得丝般顺滑。

在选购给广角镜头用的偏振镜时，要注意镜片的厚度，不要因为过厚而拍出了四周有暗角的照片。一般来说，大厂都会为超广角镜头推出超薄型的偏振镜，不过价格较高，常用广角镜头的人这笔预算是不可以省的。

2. 减光镜

减光镜用来在光线过强、或是环境光不允许使用大光圈拍摄时的情况下使用，不管是拍摄风景、生态或人像，都有机会用到减光镜。

减光镜的形式有很多种，它提供各种不同的减光系数让我们依拍摄环境不同来搭配。有的减光镜也会设计成渐层减光的形式，非常适合在晨昏摄影的情况下使用。

3. 保护镜

一般来说，摄影者都会另外在每个镜头前面另外加上保护镜，除了有保护镜头前端镜片的功用外，还可以在拍摄时滤除紫外线(保护镜需有UV防护功能)，提高拍摄画面的清晰度。

目前市面上滤镜的品牌主要以德系、日系两个国家为主。德系品牌的产品，不管是功能还是制作品质都有相当好的成绩，唯一的缺点就是价格较高。

日系品牌的品质也不错，加上各项规格齐全、价格不高对预算不丰厚的人来说，日系品牌是一个值得选择的投资。

偏振镜

减光镜

1.4.2 脚架

脚架的作用主要是防震，它可以在长时间曝光的状况下稳定机身，帮助拍出清楚的照片，特别在光线环境不尽如人意的时候，脚架的作用是非常大的。

脚架有三脚架和单脚架两种，绝大多数的状况使用三脚架来拍摄是最好的，如果常需要在机动性高的情况下稳定机身，那么就可以考虑选择购买单脚架来使用。

现在市场上的三脚架非常丰富，价格也从数百到上万元。对于重量较轻的DSLR相机，选购三脚架的要求不是很高，300~1000元就可以买到一支不错的三脚架了。

普通铝制脚架

碳纤维脚架

1.4.3 闪光灯

虽然现在的数码单反相机基本上都有内置闪光灯，但是闪光量以及有效闪光距离还是无法跟外接闪光灯相比较的，而且外接闪光灯由于独立设计，体积、重量、电源以及成本方面的限制比较少，所以，它往往都具有较高的输出功率，曝光和色温控制、功能等也具有内置闪光灯无可比拟的优势。因此，作为注重暗环境拍摄效果的摄影发烧友，一款合适的外接闪光灯几乎是必需的。

另一方面，如果在拍摄中较常使用内置闪光灯，无疑会使电池的使用时间大幅度缩短。由于外接闪光灯是使用独立电源的，因此在使用外置闪光灯拍摄时几乎不会额外耗用相机的电源。

在数码单反相机中，专门生产闪光灯的第三方厂商比较少，建议用户购买相机原厂配套的闪光灯。

佳能外置闪光灯1 佳能外置闪光灯2　　　尼康外置闪光灯1 尼康外置闪光灯2

1.4.4　快门线

　　无论是多专业的摄影者，在按下快门的瞬间，都很容易因为用力过大而导致相机震动、歪斜，破坏画面的完整性。快门线就是一种可以控制相机拍照而避免接触相机表面所导致震动，防止破坏画面完整性的配件。

　　目前，市场上常见的快门线有"机械快门线"、"电子快门线"、"多功能快门线"等，种类非常多。在机身上，快门线的插口也不同USB端口，可以说快门线的接口是主要输入口。

机械快门线　　　　　　　　电子快门线　　　　　　　　多功能快门线

> **提示：** 电子快门线有"双程按钮"的功能，半按时相机实现对焦和测光，全按下时相机将开启快门实现拍照。电子快门线附设"锁定B门"的功能，把B门按键向上推拉，B门按键被锁定时相机将实现对焦和长期曝光，将B门按键复位时，快门闭合，曝光结束。

1.4.5　存储卡

　　目前，数码单反相机中最普遍使用的存储卡有CF卡和SDHC卡，主流容量在8～16GB之间，也有部分64GB的产品销售。

对于一般拍摄(1000万像素左右、JPEG格式)的DSLR相机，8GB已经足够使用。但是，如果喜欢拍摄RAW格式的图像，或者还拥有一台具备高清摄像功能的数码单反相机(尼康D90和佳能EOS 5D Mark Ⅱ)，那么可以考虑购买16GB或以上的存储卡。

除容量以外，存储与读取速度是区分档次、影响价格的最大因素。市场上的存储卡，有多种速度标识。例如，SDHC卡分为Class 2、Class 4和Class 6三种，其表示的是最低写入速度。部分SDHC卡标签上会标注类似15MB/s左右的速度标识，其表示的则是最大读取速度。

对于数码单反相机的拍摄而言，写入速度比读取速度更为重要。如果读取速度很高而写入速度很低，那么在高速连拍时一样会受到影响，其表现为连拍速度的降低，因为数码单反相机为了等待存储卡数据的写入而不得不放慢连拍速度。

CF卡

SDHC卡

1.4.6　电池

目前的数码单反相机，通常都是采用专用电池，也配备了专用的充电器。不过，如果相机需要在外长时间使用，则需要多配置一到两块电池备用。

现在大多数数码单反相机使用锂电池和镍氢电池。

锂电池是目前在数码产品上广泛使用的电池，绝大多数数码单反相机都采用锂电池供电。锂电池的特点是：能量密度大，没有记忆效应，可以随用随充，不必等到电量耗尽再充电。不过，锂电池的自放电比较厉害，而且受温度影响较大，在环境温度很低的情况下，锂电池的性能将会有较为严重的下降。

> **提示：** 除了通常所说的锂电池以外，部分数码单反相机还需要使用一种纽扣型锂电池，用来保存内部的时钟数据，但它不能充电，不过也不用经常更换。

相比于锂电池，镍氢电池在很多方面有所不如，例如，单节电池的电压只有

1.2V，而锂电池则有3.6V或者3.7V。另外，镍氢电池使用起来较为麻烦一些，虽然没有明显的记忆效应，但最好不要像使用锂电池那样随用随充。

不过，镍氢电池的最大优点处是性能比较稳定。例如，最近发生了一系列锂电池爆炸起火事件，但是从来没有听说过镍氢电池存在这种问题。另外，镍氢电池受温度的影响也相对较小，所以佳能顶级的EOS 1D和EOS 1Ds系列仍然采用镍氢电池供电，以保证其在任何情况下都能正常工作。

佳能锂电池

佳能镍氢电池

1.5 本章小结

本章先带领读者了解数码单反相机的构造、工作原理以及优势，然后从相机机身、镜头和配件等方面，详细讲解了数码单反相机的选购。通过本章的学习，读者可以了解数码单反相机的基本知识，以及相机和相关配件的选购技巧。

第2章

数码单反摄影基础

光圈和快门

　　光圈和快门都是控制相机进光量的装置，通过合理调整光圈和快门，可以让相机获得正确的曝光，以保证照片的光线效果。

感光度、曝光补偿和包围式曝光

　　感光度是感光材料产生光化作用的能力，设置感光度可增加或减少照片的亮度。

　　曝光补偿和包围式曝光是控制曝光的方式，在不同环境下使用适合的曝光补偿或包围式曝光，能改善照片的曝光效果。

色温与白平衡

　　色温和白平衡是数码相机调整拍摄照片色彩效果的功能。调整色温和白平衡，能有效避免照片出现偏色问题。

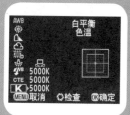

景深与应用场景

　　有效地利用景深可以拍出令人惊奇的效果。通过调整焦距或拍摄距离，可以获得小景深和大景深的照片摄影效果。

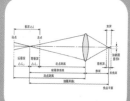

2.1 光　圈

　　光圈是一个用来控制光线透过镜头，进入机身内感光面的光量的装置，它通常是在镜头内。

2.1.1　光圈的工作原理

　　数码单反相机的镜头大小是固定的，用户不能随意改变镜头的直径，但可以通过在镜头内部加入多边形或者圆形并且面积可变的孔状光栅来达到控制镜头通光量，这个装置就是光圈。光圈是通过改变孔状光栅面积的工作原理来控制镜头的光线摄入量。

　　表达光圈大小是用F值，光圈F值=镜头的焦距/镜头光圈的直径。

　　完整的光圈值系列如下：F1，F1.4，F2，F2.8，F4，F5.6，F8，F11，F16，F22，F32，F44，F64。

　　F后面的数值越小，光圈越大。光圈的作用在于决定镜头的进光量，所以光圈越大，进光量越多；反之，则越小。简单地说，在快门不变的情况下，光圈越大，进光量越多，画面越亮；光圈越小，画面越暗。

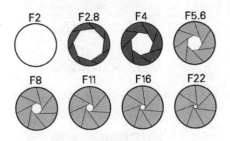

光圈示意图

相机镜头显示的光圈最大值(F1.4)

2.1.2　光圈的种类

　　市场上存在着各种各样的影像产品，从摄像头、监视器，到常见的数码旁轴相机、数码单反相机、数码摄像机，它们根据不同的内部结构以及不同的市场定位使用不同类型的光圈。常见的镜头光圈有以下几类。

1. 固定光圈

　　最简单的相机只有一个圆孔的固定光圈。19世纪中叶约翰·沃特侯瑟发明了沃特侯瑟光圈，这种可变光圈只是一系列大小不同的圆孔排列在一个有中心轴的圆盘的周围，转动圆盘可将大小适当的圆孔移到光轴上，从而达到控制孔径的效果。

2. 猫眼式光圈

猫眼式光圈也是一种常见的光圈结构，因其形似猫眼而得名。猫眼式光圈由一片中心有椭圆形或菱形孔的金属薄片平分为二组成，将两片有半椭圆形或半菱形孔的金属薄片对排，相对移动便可形成猫眼式光圈。

由于猫眼式光圈造价低廉并且可以随意调整大小，所以被广泛应用于入门级别的消费相机中。

3. 虹膜式光圈

虹膜式光圈是由多个相互重叠的弧形薄金属叶片组成的，由于叶片的离合能够改变中心圆形孔径的大小，并且多叶片设计可以提供更加接近圆形的透光孔，因此现在绝大多数的消费相机镜头和几乎所有的单反相机镜头都采用这种结构的光圈。

虹膜式光圈的弧形薄金属叶片可多达18片。弧形薄金属叶片越多，孔径越接近于圆形。通过电子计算机设计薄金属叶片的形状，可以只用6片薄金属叶片，得到近圆形孔径。

虹膜式光圈在不同光圈下镜头通光孔的特写

提示： 有些相机可以借助转动镜头筒上的圆环改变光圈孔径的大小，而有些相机则是利用微处理器芯片控制微电机自动地改变光圈的孔径。

数码单反相机中使用的光圈一般是虹膜式光圈。大部分数码单反相机的光圈只在快门开启的瞬间光圈缩小到预定大小，平时光圈在最大位置，这种光圈我们称为瞬时光圈。

2.2 快 门

快门是数码相机性能的重要考查参数，不同型号的数码相机的快门速度是完全不一样的，因此在学习使用DSRL相机前，需要先了解什么是快门以及快门的速度。

2.2.1 关于快门

快门是通过控制时间长短来调节光线进入相机感光元件的装置，与光圈相反，快门与镜头无关，只和相机本身有关，所以也称相机快门。

为了保护相机内的感光器件不至于曝光，快门总是关闭的。当拍摄时，调整好快门速度后，只要按住相机的快门释放钮(也就是拍照的按钮)，就可以在快门开启与闭合的间隙间，让通过摄影镜头的光线使相机内的感光片获得正确的曝光。

由于一般的日常拍摄速度均为1/125秒，所以称为高速快门；相比之下，对于需要时间为1/30秒以上时长的快门，简称为慢门。

快门的作用主要有两个，第一是控制进光量。

快门用速度控制进光量，以达到正确曝光。通常快门与光圈相配合，光圈加大一挡(即光圈数值变小)，则快门相应变快一挡(即快门数值变大)。

例如右图，快门速度为2秒，在相对低的ISO下能取得不错的曝光效果。

适当控制进光量

第二是凝固对象。

瞬间凝固住运动对象

当在拍摄运动对象时，摄影者可以用较快的快门速度(即快门数值大)，将运动中的对象清晰地瞬间凝固住，例如，正在比赛中的运动员、漫天的飞雪、正在飞扬起的水珠等。

如左图设置快门为1/4000秒，足够凝固运动的对象了。

在赛车拍摄中还有运动的场合，很多人

用这种高速快门拍摄手法来凝固运动的对象，抓拍出清晰的画面；而在风景拍摄中，则可以用慢速快门让水流或者瀑布成为烟雾状来表现意境和氛围。

慢速快门让水流或者瀑布成为烟雾状

2.2.2　快门的类型

目前的数码相机快门包括了电子快门、机械快门和B快门。

电子快门和机械快门两者不同之处在于它们控制快门的原理不同。电子快门是用电路控制快门线圈磁铁的原理来控制快门时间的，齿轮与连动零件大多为塑料材质；机械快门控制快门的原理是齿轮带动控制时间，连动零件与齿轮为铜与铁的材质居多。前者受到风沙的侵袭容易损坏，后者虽也怕风沙的侵蚀，但是清洁方便。

数码单反相机B快门（红色）

当需要超过1秒的曝光时间时，就要用到B快门了。使用B快门的时候，快门释放按钮按下后，快门便长时间开启，直至松开释放按钮，快门才关闭。这是专门为长曝光设定的快门。

数码单反相机常见的B快门功能：由摄影者自由决定曝光时间的长短，拍摄弹性更高。

2.2.3　快门的性能指标

1. 快门速度(T3)

快门速度通常定义成快门由全开到全关的时间。

通常普通数码相机的快门大多在1/1000秒之内，基本上可以应付大多数的日常拍摄；数码单反相机的快门可以达到1/3000秒到1/8000秒，甚至1/12000秒。

2. 快门延迟时间(T1)

快门不单要看"快"还要看"慢"，就是快门的延迟，例如，有的数码相机最长具有16秒的快门，用来拍夜景足够了，然而快门太长也会增加数码照片的"噪点"，就是照片中会出现杂条纹。

> **提示：** 按下相机快门，这时相机自动对焦、测光、计算曝光量、选择合适的曝光组合等进行数据计算和存储处理所需要的时间称为快门延迟。

3. 等效曝光时间(Te)

等效曝光时间的一般算法为：$Te=T1+0.5×T3$。

2.2.4　光圈优先模式和快门优先模式

光圈优先模式就是由用户决定光圈的大小，然后相机根据环境光线和曝光设置等情况计算出光进入的多少，这种模式比较适合拍摄静止物体。

快门优先模式就是由用户决定快门的速度，然后数码相机根据环境计算出合适的光圈大小。

所以，快门优先模式就比较适合拍摄移动的物体，特别是数码相机对震动是很敏感的，在曝光过程中即使轻微地晃动相机都会产生模糊的照片，在使用长焦距时这种情况更明显。

2.3　感　光　度

感光度是衡量传统相机使用胶片感光速度的国际统一指标，它反映了胶片感光的速度。国际标准化组织(International Standards Organization)规定感光度是胶片对光线的化学反应速度，也是制造胶片行业中感光速度的标准。

2.3.1　关于感光度(ISO)

数码单反相机的ISO是一种类似于胶卷感光度的指标。实际上，数码相机的ISO是通过调整感光器件的高感光度、相片对照试验灵敏度或者合并感光点来实现

的，也就是说是通过提升感光器件的光线敏感度或者合并几个相邻的感光点来达到提升ISO的目的。

ISO的计算公式为：S=0.8/H(S为感光度，H为曝光量)。从公式中可以看出，感光度越高，对曝光量的要求就越少。

ISO 200胶卷的感光速度是ISO 100的两倍，换句话说，在其他条件相同的情况下，ISO 200胶卷所需要的曝光时间是ISO 100胶卷的一半。

在数码相机内，通过调节等效感光度的大小，可以改变光源多少和图片亮度的数值。因此，感光度也成了间接控制图片亮度的数值。

在光线不足时，闪光灯的使用是必然的。但在一些场合下，例如展览馆或者表演会，不允许或不方便使用闪光灯，这时可以通过调整ISO值来增加照片的亮度。数码相机ISO值的可调性，使得摄影者有时仅通过调高ISO值、增加曝光补偿等办法，就可以减少闪光灯的使用次数。调高ISO值可以增加光亮度，但也可能增加照片的噪点。

ISO设置为100时拍摄的效果

ISO设置为200时拍摄的效果

2.3.2 感光度和画质的关系

不管是胶片还是芯片感光，ISO值越小，其对光线的敏感度越低，所需要的曝光量相对较大，但画质细腻；ISO值越大，对光线的敏感度越高，所需要的曝光量相对较小，但画质相对较粗。

对于不同感光度的设置，对拍摄的画质是有不同的影响。针对ISO值的大小可以分为以下三个等级，它们的拍摄效果各有不同。

1. ISO 50～200为低感光度

在这一段可以获得极为平滑、细腻的照片。只要条件许可，只要能够把照片拍清楚，就尽量使用低感光度。例如，只要能够保证景深，宁可开大一级光圈，也不要把感光度提高一挡。

2. ISO 400～800属于中感光度

在这一段需要认真考虑这张照片做什么用，要放大到什么程度。假如能够接受噪点，设定中感光度可降低手持相机拍摄的难度，提高在低照度条件下拍摄的安全系数，使成功率提高。

3. ISO 1600～6400是高感光度

在这一段噪点明显，使用这样的设置，拍摄题材内容的重要性往往超过了影像的质量。这种高感光度的设置通常是应用在拍摄条件太差时，因为拍到一张质量稍差的照片，总比拍不到照片，或者拍到的照片根本不够光线好。

提高ISO感光度时产生噪点的原因之一是在对影像信号进行增幅时混入了电子噪点。如果希望保持尽可能高的画质，应该使用低ISO感光度，但低感光度拍摄昏暗的室内或夜景时，快门速度会非常低，很容易产生手抖动和被摄体抖动。此外，噪点本身有在昏暗部分比明亮部分更显眼的倾向，所以在室外明亮处拍摄照片时，将感光度提升到ISO 400噪点也不会太醒目。越提高ISO感光度快门速度就越高，可以有效防止手抖动和被摄体抖动。在使用高感光度的时候，要注意画质劣化的问题。

提示： 数码相机的成像是通过感光元件CCD接收光线信号，然后把光线转变成电荷，再通过模数转换器芯片转换成数字信号。数字信号经过压缩以后由相机内部的闪速存储器或内置硬盘卡保存，这样就成为数码照片了。

对于数码相机来说，感光元件CCD感应入射光线的强弱，为了与传统相机的胶片使用统一的感光度计量单位，所以引入了ISO感光度的

照片中的噪点

概念。与胶片一样，数码相机的ISO感光度反映了其感光的速度。

由于CCD存在热稳定性的问题，成像的质量与其温度有关，提高ISO感光度和长时间曝光的情况下相机的温度会升高，这时光线信号的转换和传输过程中会受到较强的干扰，成像的画面上会形成杂点，这些点就是所谓的噪点。

2.4 曝光补偿

曝光补偿也是一种曝光控制方式，一般常在-3EV～+3EV或-2EV～+2EV之间，如果环境光源偏暗，即可增加曝光值(如调整为+1EV、+2EV)以凸显画面的清晰度。

2.4.1 什么是曝光补偿

我们在使用数码单反相机拍摄时，如果按下半截快门，液晶屏上就会显示和最终效果图差不多的图片，并且对焦和曝光一起启动。

这个时候的曝光，正是最终图片的曝光度。图片如果明显偏亮或偏暗，说明相机的自动测光准确度有较大偏差，要强制进行曝光补偿，不过有的时候，拍摄时显示的亮度与实际拍摄结果有一定出入。数码相机可以在拍摄后立即浏览画面，此时，可以更加准确地看到拍摄出来的画面的明暗程度，不会再有出入。如果拍摄结果明显偏亮或偏暗，则要重新拍摄。

拍摄环境比较昏暗，需要增加亮度，而闪光灯无法起作用时，可对曝光进行补偿，适当增加曝光量。

进行曝光补偿的时候，如果照片过暗，要增加EV值，EV值每增加1.0，相当于摄入的光线量增加一倍；如果照片过亮，要减小EV值，EV值每减小1.0，相当于摄入的光线量减小一半。

按照不同相机的补偿间隔可以以1/2(0.5)或1/3(0.3)的单位来调节。一些新款数码单反相机中的曝光补偿范围甚至可以达到±5EV。

数码单反相机中的曝光补偿按键

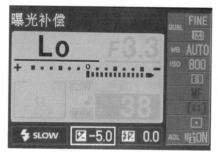

通过屏幕可以设置曝光补偿的EV值

2.4.2 曝光补偿对摄影的影响

数码单反相机的测光曝光系统和传统相机一样，在处理图像时，有个基本的准则，就是将所有被摄对象都按照18%的中性灰亮度来还原。从相机的感光系统来看，无论对象原来是黑的还是白的，它都力争将其表现为中间影调的灰色。所以在实际拍摄时，仍然需要摄影者根据拍摄现场的复杂情况作出相应判断，只有这样才能够确保获得理想的密度和色彩还原。

曝光补偿如果是全自动的，相机本身就有曝光补偿装置，一般是以正常值增减三级，补偿的依据主要看拍照条件，例如是顺光还是逆光。顺光亮，逆光暗，暗则应该增加曝光量。例如在相同光照条件下的被摄体，拍黑人就要比拍白人增加1或2

级曝光量。周围环境反射光线的强度大小不同，强度大应适当减少曝光，小则可以适当增加曝光等。

例如下面的案例，拍摄物是一条小狗，室内的光线照射在它身上时是逆光。在没有调整曝光补偿时，拍摄的照片表现出小狗面部颜色较深，黑成一团，面部细节不清晰，结果不能突出小狗面部的神态。换句话说，就是周围其他物体曝光正常，但主题不突出。

另外，以小狗面部黑色毛发来测光，在没有调整曝光补偿的情况下，小狗面部黑色毛发变灰，毛发边缘失去细节，高光部分丢失层次。

接下来利用小狗的胸部毛发来测光，并设置曝光补偿增加2/3EV，这样拍摄的照片既可以让面部神态突出，又不丢失主体周围的细节。

同样，如果通过小狗面部来测光的话，可以降低曝光补偿，减小一定的曝光量，也能够达到正确曝光的效果。

没有进行曝光补偿的拍摄效果　　　　增加曝光补偿后的拍摄效果

2.4.3　闪光曝光补偿和曝光补偿

闪光曝光补偿是较为先进的曝光补偿方式，它的主要功效在于调节闪光灯的光量输出，进一步满足摄影者对闪光灯的使用要求，提高照片质量。

为了保证照片的颜色和反差等，在许多场合拍摄时不但需要用闪光灯做主要或辅助照明，而且还要利用闪光灯来调节反差，通过对闪光灯输出光量做相应调节，获得准确的曝光和理想的用光效果，包括在不破坏现场光特点的基础上发挥闪光灯的作用，使照片更具有现场气氛。

有闪光曝光补偿的外置闪光提供曝光补偿的等级设置

曝光补偿是通过改变ISO来对照片进行补光，而闪光灯曝光补偿是通过内置的闪光灯对照片进行补光。

"主体与背景的距离"是闪光曝光补偿与连续曝光补偿的最大区别点。当主体与背景距离足够远时，闪光曝光补偿主要考虑测光模式和主体的反光率，不再考虑背景，因为这时闪光对背景的亮度变化已可以忽略；而普通曝光补偿在任何时候都必须考虑背景的亮与暗。

2.5 包围式曝光

包围式曝光(Bracketing)是相机的一种高级功能。包围式曝光就是当摄影者按下快门时，相机不是拍摄一张，而是以不同的曝光组合连续拍摄多张，从而保证总能有一张符合摄影者的曝光意图。

使用包围式曝光需要先设定为"自动包围曝光模式"，拍摄时像平常一样拍摄就行了。包围式曝光一般用于静止或慢速移动的拍摄对象，因为要连续拍摄多张，很难捕捉动体的最佳拍摄时机。

自动包围曝光

2.5.1 自动包围曝光

自动包围曝光模式可以用逐渐改变曝光或白平衡的形式进行连拍。自动包围曝光模式的原理是：在某些情况下，可能很难选择适当的曝光补偿和白平衡设置，并且也没有时间在每次拍照后检查结果及调整设定。自动包围曝光可以用于在一系列照片上自动更改这些设定，从而"包围"所选的曝光补偿或白平衡设定。

在下图中，设置自动包围曝光模式后，每次完全按下快门释放按钮后，相机将拍摄三张照片，其中一张采用当前的曝光值，其他两张分别变化+0.5EV、-0.5EV的补偿值。

| -0.5EV | 0.00EV | +0.5EV |

提示： 自动包围曝光的操作方式有两类，一类是与连续进片方式相结合，摄影者设定好所要拍摄的张数后，按一次快门释放提按钮，相机会自动地改变曝光量连续地拍摄。另一类是与单张进片方式相结合，按一次快门释放按钮，只曝光一次。这种独立的设计，允许摄影者控制何时进行曝光。

2.5.2　白平衡包围曝光

大部分单反数码相机的"自动包围曝光模式"有关闭(恢复正常的曝光和白平衡)、自动包围曝光和白平衡包围曝光三种。

设置白平衡包围曝光后，快门按钮每次完全按下将进行三次拍摄，将当前白平衡设定进行分类产生一张标准白平衡照片，一张蓝色调照片和一张红色调照片，拍摄时间为原来的三倍左右。

白平衡偏红　　　　　　　标准白平衡　　　　　　　白平衡偏蓝

2.6　色温与白平衡

色温与白平衡是摄影的两个术语，下面将详细介绍什么是色温和白平衡，以及它们对摄影的影响。

2.6.1　色温的概念

通常人眼所见到的光线，是由七种色光的光谱所组成。其中有些光线偏蓝，有些则偏红，色温就是专门用来量度和计算光线的颜色成分的方法，是19世纪末由英国物理学家洛德·开尔文（Lord Kelvin）所创立的。他制定出了一整套色温计算法，其具体确定的标准是基于以一黑体辐射器所发出来的波长。

假定某一纯黑物体，能够将落在其上的所有热量吸收，而没有损失，同时又能够将热量生成的能量全部以"光"的形式释放出来的话，那么它产生辐射最大强度的波长随温度变化而变化。例如，当黑体受到的热力相当于500℃~550℃时，就会变成暗红色(某红色波长的辐射强度最大)，达到1050℃~1150℃时，就变成黄色。因此，开尔文认为光源的颜色成分是与该黑体所受的温度相对应的。

色温通常用开尔文温度(K)来表示，而不是用摄氏温度单位。例如，打铁过程中，黑色的铁在炉温中逐渐变成红色，这便是黑体理论的最好例子。色温计算法就是根据以上原理，用K来对应表示物体在特定温度辐射时最大波长的颜色。

根据这一原理，任何光线的色温都是相当于上述黑体散发出同样颜色时所受到的"温度"。颜色实际上是一种心理物理上的作用，所有颜色印象的产生，都是由于时断时续的光谱在眼睛上的反应，所以色温只是用来表示颜色的视觉印象。

若把黑体在不同温度下的发光(就是不同的色温)画在色品图上，就会得到色温的轨迹，如右图中的白线所示。

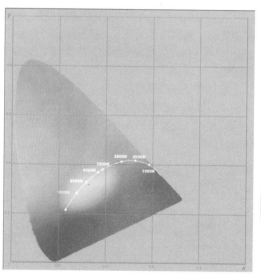

完全吻合上面的色温轨迹是非常困难的，能基本吻合的光源，例如太阳光、各种专用的摄影灯、闪光灯，其相对光谱功率分布与黑体的某一温度下的光谱功率分布很相似，所以能用黑体温度来代表此光源。有时为强调与标准色温的区别，将其

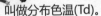

叫做分布色温(Td)。

有些光源，例如日光灯、荧光灯，其光谱功率分布与黑体差别较大，从色品图上看，距离色温轨迹较远，一般不能用色温代表，但有时为了方便，也用其距离最近的色温来代表，叫做相关色温(Tcp)，也有叫相对色温、相当色温等。

色温低，即色温值低，意味暖光(偏黄红)；色温高，即色温值高，意味冷光(偏蓝)。如何理解呢？大山越高，气温越低，感觉越冷。色温数值越大，图像越冷(蓝)。

2.6.2 色温的测定

一般情况下，正午10点至下午2点，晴朗无云的天空，在没有太阳直射光的情况下，标准日光大约在5200~5500K。新闻摄影灯的色温是3200K；一般钨丝灯、照相馆拍摄黑白照片使用的钨丝灯以及一般的普通灯泡光的色温大约为2800K。由于色温偏低，所以在这种情况下拍摄的照片扩印出来后会感到色彩偏黄色。

一般日光灯的色温大约在7200~8500K，所以在日光灯下拍摄的相片会偏青色。这都是因为拍摄环境的色温与拍摄机器设定的色温不对等造成的。

综上所述，拍摄期间对色温的考量、设定以及调整就显得非常重要。无论是使用传统相机还是数码单反相机以及摄像机，摄影者都必须重视色温。

要准确地测定色温，就需要使用到"色温计"或称"色温表"。

色温表的外形和入射式测光表非常相像，测量方式也和入射式测光表差不多，在测量时，需要将色温表放在被摄体的位置上，将色温表的光线接收器对准光源(这一点与使用入射式测光表略有差异)进行测量，就可得出光线照射到该位置上的色温值。

在测量色温的过程中，还可将不同的色温矫正滤光镜分别遮挡在色温表的探头前，以选择符合胶卷特性的滤光镜。再将挡在色温表前、能将色温表的数值改变至同胶卷相配数值的滤光镜装在照相机镜头前进行拍摄，就能获得理想的色温效果。

提示：色温表有两色测量和三色测量之分。

两色测量的色温表仅能测量光线中蓝色和橙色成分的比例。

具备三色测量功能的色温表，可以测量出光线中的所有颜色成分，包括测量使用日光灯等冷光源照明下的偏色情况。

色温表

色温滤光镜

2.6.3　白平衡的概念

　　白平衡(White Balance)是一种让数码相机适应场景主体光色温的技术。从字面上理解，白平衡就是白色的平衡。

　　白平衡是描述显示器中红、绿、蓝三种基色混合后白色精确度的一项指标。白平衡是电视摄像领域一个非常重要的概念，通过它可以解决白平衡调节、色彩还原和色调处理的一系列问题。这种技术目前已广泛应用在数码相机上。

　　许多人在使用数码相机拍摄的时候都会遇到这样的问题：在日光灯的房间里拍摄的照片会显得发绿，在室内钨丝灯光下拍摄出来的照片会偏黄，而在日光阴影处拍摄到的照片则会偏蓝，其原因就在于"白平衡"的设置上。

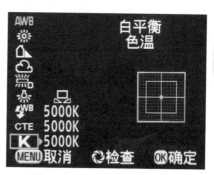

数码单反相机上的"白平衡"设置按键

"白平衡"与"色温"设置画面

2.6.4 调整白平衡来改变色温效果

人眼所见到的白色或其他颜色与物体本身的固有色、照相机光源的色温、物体的反射或透射特性、人眼的视觉感应等诸多因素有关。

由于人眼具有独特的适应性，因此我们有的时候不能发现色温的变化。例如，在钨丝灯下待久了，并不会觉得钨丝灯下的白纸偏红，如果突然把日光灯改为钨丝灯照明，就会觉察到白纸的颜色偏红了，但这种感觉也只能够持续一会儿。

数码相机的CCD并不能像人眼那样具有适应性，所以，如果摄像机的色彩调整同景物照明的色温不一致就会发生偏色。白平衡就是针对不同色温条件下，通过调整摄像机内部的色彩电路使拍摄出来的影像抵消偏色，更接近人眼的视觉习惯。

其实可以简单地理解为白平衡是通过相机内部的电路调整(改变蓝、绿、红三个CCD电平的平衡关系)使反射到镜头里的光线都呈现为消色。如果以偏红的色光来调整白平衡，那么该色光的影像就为消色，而其他色彩的景物就会偏蓝(补色关系)。

通过这个原理，摄影者在日光灯的房间里拍摄的照片会显得发绿，在室内钨丝灯光下拍摄出来的照片就会偏黄，但通过设置不同的白平衡后，就可以修补色温的偏差，让拍摄出来的照片恢复原色状态。

室内拍摄的原照片

调整白平衡后的照片

2.7 景　深

景深是在拍摄中常应用的一种拍摄技巧。那景深到底是什么呢？它又对摄影产生什么样的效果呢？本节将一一讲解。

2.7.1 景深的概念

对于数码摄影来说，景深是指在镜头或其他成像器前，沿着能够取得清晰图像的成像景深相机器轴线所测定的物体距离范围。在聚焦完成后，在焦点前后的范围内都能形成清晰的影像，这一前一后的距离范围，便叫做景深。

在镜头前方(调焦点的前、后)有一段一定长度的空间，当被摄物体位于这段空间内时，其在底片上的成像恰好位于焦点前后这两个弥散圆之间。换句话说，在这段空间内的被摄体，其呈现在底片面的影像模糊度都在容许弥散圆的限定范围内，这段空间的长度就是景深。

提示： 光轴平行的光线射入凸透镜时，理想的镜头应该是所有的光线聚集在一点后，再以锥状扩散开来，这个聚集所有光线的一点就叫做焦点。

在焦点前后，光线开始聚集和扩散，点的影像变成模糊的，形成一个扩大的圆，这个圆就叫做弥散圆。

在现实当中，观赏拍摄的影像是以某种方式(如投影、放大成照片等)来观察的，人的肉眼所感受到的影像与放大倍率、投影距离及观看距离有很大的关系。如果弥散圆的直径小于人眼的鉴别能力，那么在一定范围内实际影像产生的模糊是不能辨认的。这个不能辨认的弥散圆就称为容许弥散圆。在焦点的前、后各有一个容许弥散圆。

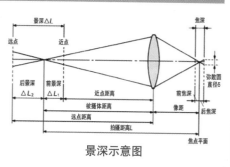

景深示意图

以持相机拍摄者为基准，从焦点到近处容许弥散圆的距离叫前景深，从焦点到远方容许弥散圆的距离叫后景深。

2.7.2 景深的计算

在景深的计算公式中，使用下列符号代表不同的值。

δ——容许弥散圆直径；

f——镜头焦距；

F——镜头的拍摄光圈值；

L——对焦距离；

ΔL_1——前景深；

ΔL_2——后景深；

ΔL——景深。

景深的计算公式如下。

前景深$\Delta L_1 = F\delta L_2/(f_2 + F\delta L)$

后景深$\Delta L_2 = F\delta L_2/(f_2 - F\delta L)$

景深$\Delta L = \Delta L_1 + \Delta L_2 = (2f_2 F\delta L_2)/(f_4 - F_2\delta_2 L_2)$

由景深计算公式可以看出，景深与镜
头使用光圈、镜头焦距、拍摄距离以及对
像质的要求(表现为对容许弥散圆的大小)
有关。

这些主要因素对景深的影响如下(假
定其他的条件都不改变)。

(1) 镜头光圈：光圈越大，光圈值越
小，景深越小；光圈越小，光圈值越大，
景深越大。

(2) 镜头焦距：镜头焦距越长，景深越小；焦距越短，景深越大。

(3) 拍摄距离：拍摄距离越远，景深越大；距离越近，景深越小。

2.7.3 景深的应用

在拍摄景物的时候，有效地利用景深可以拍出令人惊奇的效果。摄影者可以通
过调整焦距或拍摄距离，获得小景深或大景深的照片摄影效果。

在一幅照片上，小景深效果能使环境虚糊、主体清楚，这是突出主体的有效方
法之一。景深越小，这种环境虚糊也就越强烈，主体也就越突出。

在拍摄中，欲取得小景深的最简单的方法是使用最大光圈。如果由于光线太
亮，使用最大光圈配合相机上的最快速度，曝光仍然过度的话，可以使用减光滤镜
来解决。除了使用最大光圈外，缩短摄距和换用焦距更长的镜头也能减小景深，但
要注意摄距太近会使前后景物的透视过于强烈而导致失真感。在不影响构图效果的
前提下，采用"最大光圈+尽可能缩短的摄距+长焦距镜头"的方式拍摄能获取最
小景深的效果。

小景深拍摄效果，主体明确，背景虚糊

要想使所有的被摄景物在画面上都能较为清晰地显现，则需要尽可能大的景深，景深越大，被摄景物的清晰度也就越高。

在拍摄中，欲取得最大景深的最简易的方法就是缩小光圈，尽可能使用相机上的最小光圈。如果光线太暗，当使用最小光圈时，相应的快门速度太慢，以至无法手持相机拍摄时，可以使用三脚架或类似的支撑物来固定相机。对于室内的拍摄，也可增强照明。在不影响构图效果的前提下，采用"最小光圈＋最短焦距镜头＋超焦距聚焦"的方式拍摄能获取最大景深效果。

提示： 在拍摄以风光照片为主的内容时，往往需要大景深，需要前景、中景（主体）和远景都清晰。这就要求拍摄者考虑到景深是否足够大，是否能把拍摄的所有景物都非常清晰地纳入画面，避免照片上有的景物处于景深之外而出现模糊和虚化的情况。

大景深拍摄效果，被摄景物能清晰显现

2.8 本章小结

本章主要介绍了数码摄影的理论基础知识，其中包括常见的摄影术语，拍摄的设置，以及景深的概念和应用。通过本章的学习，读者可以了解摄影的基本概念和理论，为后续的数码单反摄影奠定基础。

第3章

数码单反相机使用基础

DSLR相机的结构

通过了解数码单反相机的结构，可以掌握相机各个功能组件的分布和使用，为后续拍摄照片提供方便。

安装DSLR相机配件

新购买的数码单反相机，配件都是独立放置的。要想使用相机，就需要将这些配件安装到机身上。

设置和使用DSLR相机

在使用数码单反相机之前，需要进行适当的设置，例如，设置菜单语言、相机日期等。另外，使用相机也需要有正确的姿势和方法。

3.1 数码单反相机的典型结构

要想充分学习和掌握DSLR相机的各项功能，并利用它拍好照片，首先要熟悉相机的基本结构和各项功能按键。

下面以SONY α550为例，介绍DSLR相机的典型结构。

SONY α550数码单反相机

- 内置闪光灯：将内置闪光灯拉开，则自动打开闪光功能。
- 快门：快门按钮可以半按和完全按下。半按快门进入对焦状态；完全按下则拍摄照片。
- 电源：通过推拉电源控制杆，可以开机和关机。
- 控制转盘：用于调整拍摄相关的设置。
- 遥控传感器：用于遥控相机的拍摄。一般理解为控制快门，摄影者可以在一定距离内使用遥控器遥控拍摄，这样可以防止按快门时手振动。
- 模式旋钮：提供拍摄模式快捷功能的设置。
- 镜头：摄影者可以根据不同的拍摄需求更换不同类型的镜头。
- 镜头释放按钮：按下此按钮的同时按照正确的方向旋转镜头，可以安装或拆卸镜头。

SONY α550单机相机结构

- 取景器：拍摄时可以通过取景器观察拍摄对象和进行构图。
- DISP按钮：用于切换显示状态。
- MENU按钮：打开与关闭菜单设置显示。
- 眼控感应器：当使用取景器取景时，进入传感器的被摄物将通过眼控感应器自动进行对焦。
- 智慧型变焦按钮：使用这个按钮可以放大影像的中央。
- 影像索引按钮：按下该按钮，屏幕将变成影像索引画面。
- AEL按钮：按住该按钮的同时旋转控制器，可以选择快门速度和光圈值。
- Fn按钮：用于设定或执行拍摄时常用的功能。
- 控制器：用于功能设置的选择。
- 确认按钮：用于确定设置和操作。
- 删除按钮：用于删除照片和视频。
- 播放按钮：用于显示和播放照片、视频。
- 液晶显示器：用于显示菜单、查看拍摄信息和浏览照片。
- 电池槽：用于安装相机供电电池。
- memory stick pro duo 插槽：用于插入memory stick pro duo存储卡。
- SD存储卡插槽：用于插入SD存储卡。

> **提示：** 并非所有的数码单反相机都跟上述机型的结构一样，但基本的外形和常用功能都是一样的。读者可以根据自己的数码单反相机说明书了解相机机型的结构和功能。

3.2　数码单反相机的配件安装

本节将介绍数码单反相机的预备步骤、基本操作和相关技巧。掌握这些基本操作和技巧，才能保证数码单反相机的正常使用。

3.2.1　安装肩带与眼罩

新购买的数码单反相机各类配件都是独立放置的。在使用数码单反相机时，要先将相机肩带安上，以防止携带和拍摄时相机滑落。如果包装盒中提供了目镜盖，也可以将目镜盖连接在肩带上。另外，眼罩可以防止光线从取景器进入，从而影响曝光。眼罩一般由天然橡胶制作而成，取景时柔软舒适，让摄影者注意力集中在被拍摄物上，尤其适合佩戴眼镜的用户使用。

安装肩带与眼罩的操作步骤如下。

1 安装肩带	**2** 将目镜盖连接到肩带
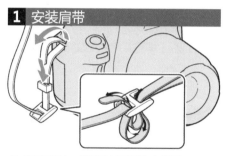	
① 将肩带的一端穿过相机的安装孔。 ② 将肩带的另一端穿过套和调节扣。 ③ 拉紧环绕调节扣的肩带，确认其不滑动。 ④ 按照同一方法再将肩带的另一端安装在相机的另一面。	① 从包装盒中取出目镜盖。 ② 将目镜盖连接到肩带上。

> **提示：** 在取景器模式下不使用取景器释放快门时(例如使用自拍定时拍摄)，请安装目镜盖。这样可以避免用户眼睛没有覆盖取景器时，散射光进入取景器目镜而导致曝光错误。

3 安装眼罩

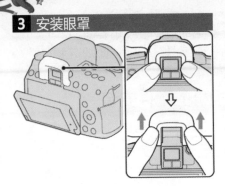

4 安装目镜盖

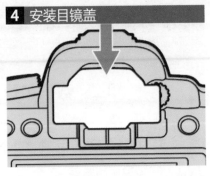

① 向下倾斜LCD屏幕(部分机型)。

② 从包装盒中取出眼罩。

③ 沿着目镜凹槽向下推动到底部即可。

④ 当需要取出眼罩时,可以通过按眼罩的两侧小心地将眼罩取出。

① 如相机已经安装眼罩,先将眼罩取出。

② 顺着取景器目镜凹槽向下滑动目镜盖进行安装。

3.2.2 电池充电与安装

　　新购买数码单反相机后,配置的电池通常存有少量电力,以供用户试机。在正式使用相机前,需要对电池进行充电。充电完成后,即可将电池安装到相机内,以便可以为相机供电。

　　电池充电与安装的操作步骤如下。

1 将电池插入充电器

2 连接电源线并进行充电

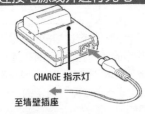

CHARGE 指示灯

至墙壁插座

① 取下电池保护盖。

② 将电池按照正确的方向插入充电器。

③ 按入电池直到其发出"咔哒"声为止。

① 连接充电器电源线。

② 灯亮时即表示在充电中。

③ 灯熄灭时表示标准充电完成。

④ 灯熄灭1小时后完全充电完成。

提示： 电池充电和使用的注意事项。

● 充电进行时，指示灯闪烁。

● 指示灯熄灭或常亮(部分机型充电完成后灯会熄灭，部分机型充电完成后灯会常亮)后继续充电1小时，以确保电池完全充满。

● 建议在10℃～30℃的环境温度下对电池充电。

● 充电完成后，拔下电源线，并从充电器中取出电池。如果没有把已充电的电池从充电器中取出，电池寿命可能会缩短。

● 如果充电器脏了，充电可能无法成功进行。请用干布等清洁充电器。

● 请勿使用相机的充电器给非本机适用系列电池以外的任何其他电池充电。如果试图给指定类型以外的电池充电，这些电池可能会漏液、过热或爆炸，并有电击和烧伤等人身伤害的危险。

● 从相机取出的电池请单独存放，并重新装上电池盖以避免短路。

● 充满的电池即使不使用也会产生电耗，所以在使用电池前可以将电池充满。

● 如果在正常充电后工作时间大大缩短，电池可能已经达到其使用寿命，建议更换新电池。

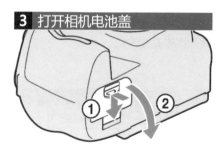

3 打开相机电池盖	4 装入电池

锁定杆

① 滑动电池盖打开杆。

② 打开电池盖。

① 按电池顶端锁定杆。

② 将电池牢固插入到底。

③ 部分没有锁定杆的机型，直接按照正确的方向装入电池即可。

5 关闭电池盖

6 取出电池

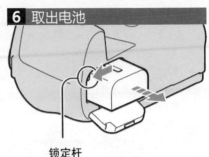

锁定杆

正确装入电池后，关闭锁定杆锁定电池盖即可。

① 当要取出电池时，关闭相机电源并按照箭头方向滑动锁定杆。
② 小心拿出电池，勿使电池掉落。

当相机的主电源开关被打开后，液晶屏上会显示电池的电量。根据相机的品牌和型号不同，电池电量的显示方式有所不同，但通常有以下几种指示状态。

电池电量						"电量不足"
	高		→		低	无法拍摄更多照片

3.2.3　安装与卸下镜头

数码单反相机可以随意更换卡口规格一致的不同镜头，并且每个卡口规格的镜头群数量很多，可以充分满足不同场景、不同效果的拍摄需求。

安装与卸下镜头的操作步骤如下。

1 取下机身盖和镜头盖

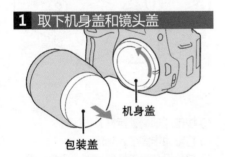

机身盖

包装盖

2 安装镜头

橙色索引标记

① 按照逆时针方向取下机身盖。
② 从镜头后部拆下包装盖。

将镜头上和相机上的索引标记对齐，然后安装镜头。（根据机型不同，索引标记多为红色或橙色）

提示： 机身和镜头的索引标记用于将镜头与机身对齐，以便可以正确安装镜头。

镜头的索引标记

机身的索引标记

3 锁定镜头

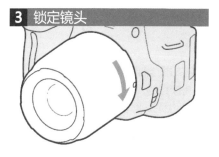

顺时针转动镜头直到其到达锁定位置并发出"咔哒"声为止。

4 卸下镜头

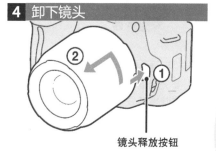

镜头释放按钮

① 将镜头释放按钮一直按到底。
② 逆时针转动镜头，直到无法再转动时分离镜头和机身，完成拆卸。

提示： 安装与卸下镜头的注意事项。

- 安装镜头时，勿按镜头释放按钮。
- 安装镜头时，勿过于用力。
- 安装镜头时，务必笔直装上。
- 卸下镜头后，重新装上包装盖，并将机身盖安装到相机上。
- 再次安装镜头之前应清除盖上的所有灰尘。
- 卸下镜头后，将镜头后端朝上放置，以免刮伤镜头表面和电子触点。
- 如果电子触点被弄脏或者沾上指纹，应用柔软的清洁布将其擦干净。

3.2.4 安装与卸下遮光罩

遮光罩是安装在摄影镜头、数码相机以及摄像机前端，遮挡有害光的装置，也是数码单反相机最常用的附件之一。在明亮的日光或逆光情况下，镜头遮光罩会将镜头闪光和重影减小至最低。遮光罩有金属、硬塑、软胶等多种材质。

安装遮光罩的操作步骤如下。

1 安装镜头遮光罩转接器

如果相机镜头需要安装遮光罩转接器，则需要先安装转换器。(部分机型可以直接将遮光罩安装到镜头上)

2 安装镜头遮光罩

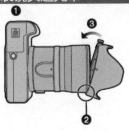

① 将相机上部朝下放置。
② 将挂钩钩入镜头遮光罩转接器。
③ 推动镜头遮光罩。

3 固定镜头遮光罩

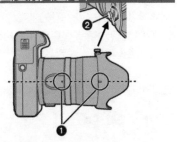

① 按图示对准索引标记。
② 固定遮光罩的安装螺丝。

4 临时存放时的安装

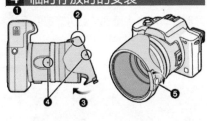

① 暂时不用时可以倒装遮光罩。
② 将挂钩钩入镜头遮光罩转接器。
③ 推动镜头遮光罩。
④ 按图示对准索引标记。
⑤ 固定遮光罩的安装螺丝。

　　如果需要卸下遮光罩时，只需按照图示方向旋转90度，直至对准索引标记，然后分离遮光罩和机身即可。

3.2.5　插入与取出存储卡

　　DSLR相机的存储卡如同传统相机的胶卷，它的功能用于存储拍摄的照片，并通过读卡设备将照片传送到其他设备，例如传送到电脑上。

　　插入与取出存储卡的操作步骤如下。

1　打开存储卡插槽盖

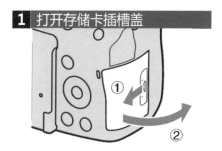

① 按照相机存储卡插槽盖上的指示方向往前推插槽盖。
② 打开插槽盖。

2　插入存储卡

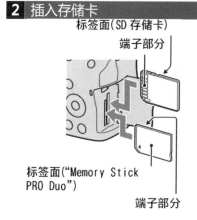

确认正确的插入方向，然后将存储卡插入插槽，直至存储卡的弹出按钮弹起。

3　选择使用存储卡的类型

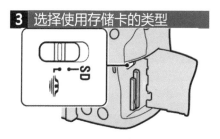

① 用存储卡开关选择想要使用的存储卡的类型。(部分机型只使用单种存储卡，这些机型无需此步骤)
② 关闭并推动插槽盖直至其完全闭合。

4　取出存储卡

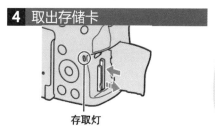

① 要取出存储卡时，检查确认存取灯未点亮。
② 打开存储卡插槽盖，按一下存储卡或者弹出按钮，即可取出存储卡。

提示： 有关使用存储卡的注意事项有以下几点。

- 勿敲击、弯折或掉落存储卡。
- 勿在下列场所使用或存放存储卡。
  - 诸如停放在直射太阳光下的较热汽车内部之类的高温场所。
  - 曝露于直射太阳光下的场所。
  - 潮湿场所或有腐蚀性物质的场所。
- 当存取灯点亮时勿取出存储卡、电池或关闭电源。否则，数据可能会损毁。
- 如果将存储卡存放在强磁性物质附近，或在易受静电或电磁干扰的环境下使用存储卡，数据可能会损毁。
- 建议将重要的数据备份，例如复制到电脑硬盘中。
- 当携带或存放存储卡时，放在随其附带的盒子里。
- 勿将存储卡沾水。
- 勿用手或金属物品触摸存储卡的端子部分。
- 存储卡的写保护开关设为LOCK位置时，无法执行记录或删除影像等操作。

3.3 数码单反相机的设置和使用

安装完相机的配件后，即可使用相机来拍摄了。在进行拍摄前，用户需要先掌握数码单反相机的基本操作和相关设置。

3.3.1 使用相机菜单

数码单反相机提供丰富的功能设置，大部分拍摄、播放以及设置选项都可以通过相机的菜单来设置。

在使用相机菜单时，打开相机开关，然后显示液晶屏，单击相机上的MENU按钮，打开相机菜单。

打开菜单后，用户可以使用按键式的控制器(例如SONY α550)或转盘式控制器(例如佳能EOS 50D)来选择设置选项。当要确认设置选项时，可以单击控制器中央的确定按钮。

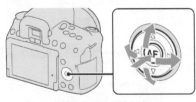

SONY α550的控制器示意图

SONY α550控制器外形图

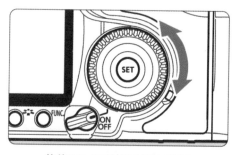

佳能EOS 50D的控制器示意图

佳能EOS 50D控制器外形图

下面我们以佳能EOS 50D为例介绍相机的菜单。

使用佳能EOS 50D数码单反相机时，可以使用机背的MENU按钮和主拨盘与转盘控制器来显示和操作菜单。当需要确定设置时，单击控制器中央的SET按钮即可。

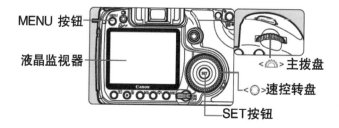

MENU 按钮

液晶监视器

<☰> 主拨盘

<○> 速控转盘

SET按钮

佳能EOS 50D菜单操作部件图

当打开相机菜单后，菜单显示在液晶屏上，而每个主菜单项目将显示在屏幕的上方。用户可以通过控制器选择主菜单，然后从主菜单中选择需要设置的项目。

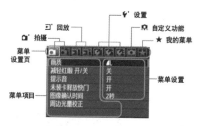

佳能EOS 50D的菜单指示图

佳能EOS 50D的菜单操作界面

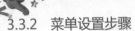

3.3.2 菜单设置步骤

通过菜单，用户可以修改相机的各项设置。以佳能EOS 50D为例，如果用户要修改菜单的设置，可以根据以下步骤来操作。

菜单设置的操作步骤如下。

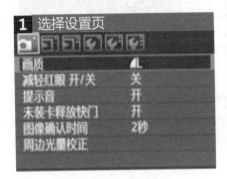

① 按下MENU按钮打开菜单。
② 转动主拨盘来选择设置页。

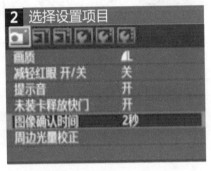

① 转动控制器选择要设置的项目。
② 按下控制器中央的SET按钮。

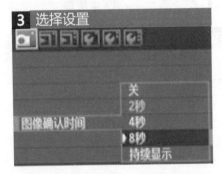

① 转动控制器选择项目的设置。
② 选定的设置将以特别的颜色显示。

① 选定设置后按下SET按钮。
② 按下MENU按钮退出菜单。

提示：相机在使用前，一般需要设置菜单使用的语言，并设置日期和时间。用户可以根据上述方法，自行完成这些基本设置。

3.3.3 使用数码单反相机拍摄照片

使用数码单反相机拍摄照片时，需要用户完成对焦的工作，然后再按下快门拍摄。

大部分的数码单反相机的快门都有两级，即半按快门和完全按下快门。

1. 半按快门

半按快门可以启动自动对焦和自动曝光测光，以及设置快门速度和光圈。其中，曝光设置(快门速度和光圈)显示在液晶显示屏和取景器中。

2. 完全按下快门

完全按下快门进行拍摄操作，此时相机释放快门并完成拍摄。

半按快门按钮启动自动对焦和曝光

完全按下快门按钮进行拍摄

3.3.4 使用数码单反相机的正确姿势

使用数码单反相机拍摄过程中，用户按下快门后，相机容易发生抖动，导致照片模糊。为了减少这种抖动，用户需要有正确的姿势，把持住相机尽量静止不动，以便让机身抖动减到最小。

在拍摄时，正确的姿势应该是右手紧握相机手柄，左手托住镜头下部，右手食指轻按快门按钮。另外，双肩轻贴身体，将相机贴紧面部，从取景器中取景。为了保持稳定的姿态，将一只脚跨前半步。

水平拍摄　　　　　　竖直拍摄

使用单反相机的正确姿势

如果是利用液晶屏幕取景的话，则身体姿势不变，然后将手放到胸前，用眼睛注视液晶屏幕。

如果是半蹲来拍摄，则可以保持手握相机的姿势，然后半蹲下，并用一只脚支撑托镜头的手。

液晶屏取景的姿势

半蹲拍摄的姿势

3.4　本章小结

本章主要介绍了数码单反相机的机身结构、配件的安装以及相机的基本设置和使用。通过本章的学习，读者可以了解数码单反相机各个功能的应用，并掌握安装数码单反相机的方法和基本的菜单使用。

第4章
数码单反相机拍摄的基本方法

相机的拍摄模式

数码单反相机为用户预设了多种拍摄模式,通过这些模式,用户可以使用较佳的快门、光圈和曝光等设置完成拍摄。

对焦的功能和方法

对焦是决定拍摄效果的重要因素之一,掌握相机的对焦功能,以及使用正确的对焦方法,用户就可以根据拍摄环境的不同灵活完成对焦。

曝光的方法和技巧

合适的曝光方法和技巧是保证照片质量的前提。通过掌握相机的各种曝光设置功能,以及掌握设置曝光的方法,用户可以方便地在拍摄时正确设置曝光。

白平衡和色温的技巧

白平衡和色温是调整影像色调的设置,通过合理应用白平衡和色温,可以避免照片产生偏色的问题。

4.1 DSLR相机的拍摄模式

数码单反相机跟卡片机有很大的区别。数码单反机除性能优越外，还提供了丰富的手动调整功能，所以，操作单反相机比操作卡片机更加复杂。本节先从简单的讲起，让读者了解数码单反相机不同拍摄模式的应用和拍摄技巧。

4.1.1 全自动拍摄模式

对于初级用户来说，手动调节拍摄可能有点复杂，拍摄出来的照片效果也不是那么好。在开始使用数码单反相机时，可以先使用全自动拍摄模式进行拍摄，以测试使用自动模式设置的内容拍摄出照片的效果。

使用全自动模式拍摄，相机将自动把焦点对准主体，并根据当下环境自行做出合适的判断并调整设置，因此方便用户在任何环境下拍任何状况的被拍摄物。

下面以SONY α550数码单反相机为例，介绍使用全自动拍摄模式的操作步骤。

1 设置全自动拍摄模式

① 打开相机的开关。
② 将模式旋钮调到AUTO模式。

2 调整液晶屏

如果是通过液晶屏取景，将LCD监视屏调整到易于观看的角度并握持相机。

提示： 对于SONY α550数码单反相机来说，自动对焦区域可以选择九点中的任意一点作为主要对焦点。

3 自动对焦

① 将AF区域叠加到被摄体上。
② 如果(相机抖动警告) 指示灯闪烁，请稳妥握持相机或使用三脚架来拍摄被摄体。

4 变焦拍摄

当使用变焦镜头时，转动变焦环决定拍摄的状态。

5 进行对焦

对焦指示

① 半按下快门按钮进行对焦。
② 当对焦得到确认时， 或对焦指示标记点亮。

6 进行拍摄

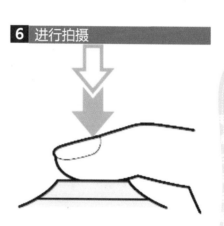

对焦完成后，完全按下快门按钮进行拍摄。

提示： 由于相机打开自动设置功能，曝光补偿和模式ISO设置等众多功能将无法使用。如果想要调节各种设置，将模式旋钮调到P模式，然后拍摄被摄体。

4.1.2 为拍摄物选择合适拍摄模式

绝大多数的数码单反相机都提供多种拍摄模式，以方便用户快速地为被摄体选择合适的模式，拍摄出优质的照片。

下面以SONY α550数码单反相机为例，介绍使用不同拍摄模式拍摄照片的操作方法和技巧。

1. 肖像模式

肖像模式适合于拍摄模糊化背景而突出主体的情况，这种模式可以柔和地表现肤色，所以这个模式常用来拍摄人物肖像。

SONY　　550单反相机

要使用肖像模式，请先将模式旋钮设置为【肖像】■模式，然后进行拍摄即可。

在拍摄过程中，如果想要使背景更加模糊，可以将镜头置于望远位置，以获得小景深的效果。另外，近距离拍摄人物，可以聚焦于离镜头更近的那只眼睛，这样就可以拍摄到更加生动的照片，如右图所示。

使用肖像模式拍摄的照片

如果被摄人物背光，即拍摄者逆光拍摄，可以使用遮光罩来辅助拍摄，以减少影像的散光。

如果被摄人物的眼睛在闪光灯的作用下变红，可以使用相机的减轻红眼闪光功能。

2. 风景模式

风景模式适用于以清晰的对焦及生动的色彩拍摄整个范围的景色，所以在拍摄风景时，这种模式最好不过。

要使用风景模式，请先将模式旋钮设置为【风景】模式■，然后进行拍摄即可。如果拍摄的景色需要强调宽广，则可以将镜头设置为广角。

3. 微距模式

微距模式适用于近距离拍摄对象，例如拍摄近处的花、昆虫、器皿或小商品等。

要使用微距模式，请先将模式旋钮设置为【微距】模式 ，然后进行拍摄即可。在拍摄时，相机靠近被摄体，以镜头的最小距离进行拍摄。如果经济条件允许，用户可以购买微距镜头来拍摄距离更近的被摄体。

拍摄1m以内的被摄体时，禁止使用闪光，以避免拍摄的照片过度曝光；如果用户有三脚架，使用三脚架来固定相机，可以获得更佳的拍摄效果。

使用风景模式拍摄的照片

使用微距模式拍摄的照片

4. 运动模式

运动模式适用于在室外或室外场所拍摄移动的物体，例如拍摄跑步的人、运动中的汽车、飞行中的模型飞机等。

要使用运动模式，请先将模式旋钮设置为【运动】模式 ，然后进行拍摄即可。在半按下快门按钮时，用户需要等待合适的时机进行拍摄。

使用运动模式拍摄的照片

5. 黄昏模式

黄昏模式适用于拍摄黄昏风景，该模式能很好地表现黄昏的那种红色效果。使用这种模式拍摄的照片，比起其他模式来更为强调红色的影像，因此同样适合拍摄朝阳时美丽的红色。

要使用黄昏模式，请先将模式旋钮设置为【黄昏】模式，然后进行拍摄即可。

6. 夜景模式

夜景模式适用于拍摄夜景下的肖像和风景。使用这种模式拍摄远距离的夜景时不会失去周围环境的黑暗气氛。

要使用夜景模式，请先将模式旋钮设置为【夜景】模式，然后进行拍摄即可。在拍摄没有人物的夜景时，请将闪光模式设为"禁止闪光"，以降低噪点。另外，拍摄时，需要小心稳定地拍摄，尽可能不要让被摄体移动，以防止影像模糊。

提示： 因为进行夜景拍摄时快门速度会变慢，因此建议用户使用三脚架辅助拍摄。

使用黄昏模式拍摄的照片

使用夜景模式拍摄的照片

4.1.3 使用P、S、A、M模式

除了上述拍摄模式外，大多数数码单反相机都提供了P、S、A、M模式拍摄，这几种模式可用来控制多种高级设置，包括曝光、白平衡和影像最佳化。每种模式都可以不同程度地控制快门速度和光圈大小。

提示： 调整快门速度及光圈大小不仅可强调及创造动感的摄影效果，还可通过控制曝光量(相机采光的数量)决定影像的亮度，而亮度则是照片拍摄中最重要的因素。

1. P(自动程序曝光)模式

P模式可以自动曝光，同时保持对ISO感光度、创意风格、动态范围优化等的自定义设置。在该模式下，相机在大多数情况下会自动调整快门速度和光圈，以获得最佳曝光。在快照和其他由相机控制快门速度和光圈大小的情况下，建议使用P模式。

要使用P模式拍摄，可以根据以下步骤进行操作。

(1) 将模式旋钮设为P模式。

(2) 设置相机想要的功能参数，例如设置ISO感光度等。

(3) 通过取景器进行构图。

(4) 调整对焦并进行拍摄。

在P模式下，用户可以调整光圈和快门，拍摄到不同的效果。例如设置大光圈以模糊背景细节，或者使用高速快门"定格"被拍摄人物的动作。

使用P模式正常拍摄的照片

使用P模式并设置大光圈拍摄的照片

2. A(光圈优先曝光)模式

在A模式下，用户可以为镜头从最小值到最大值之间选择光圈，而相机可自动选择快门以获得最佳曝光。A模式适用于清晰地对焦被摄体，并将被摄体前后的所有景物模糊化。打开光圈使对焦范围变窄，则拍摄的景深变浅。如果想要拍摄风景深度，则缩窄光圈扩大对焦范围，让景深变深。

使用A模式拍摄，可以根据以下步骤操作。

(1) 将模式旋钮设为A模式。

(2) 使用控制转盘选择光圈值(F数值)。

● 较小的F数值：被摄体的前景和背景被模糊化。

● 较大的F数值：被摄体及其前景和背景均被对焦。

(3) 通过取景器进行构图。

(4) 调节对焦并拍摄被摄体。

在A模式下，用户自动调整快门速度以获得正确的曝光。如果相机所选光圈值不能获得正确的曝光，快门将闪烁，此时请重新调整光圈大小。

> **提示：** 快门速度可随光圈值变小而变慢，如果快门速度较慢时，请使用三脚架来辅助拍摄。要想让背景更模糊，可以使用远摄镜头或配备较小光圈值的镜头。

A模式且较小F数值拍摄的照片

A模式且较大F数值拍摄的照片

3. S(快门优先曝光)模式

在S模式下，用户可以选择快门速度从30秒~1/4000秒(需相机支持)之间的值，而相机可自动选择光圈大小以获得最佳曝光。

S模式下使用高速快门，适用于及时拍摄移动的被摄体在某一瞬间的影像；S模式下使用低速快门，可以拍摄追踪运动过程，表现力与流动的影像，例如拍摄移动被摄体的拖尾效果。

要想使用S模式拍摄，可以根据以下步骤进行操作。

(1) 将模式旋钮设为S模式。

(2) 使用控制转盘选择快门速度。

(3) 通过取景器进行构图。

(4) 调节对焦并拍摄被摄体。

> **提示：** 快门速度较慢时，建议用户使用三脚架辅助拍摄。当拍摄室内运动时，应该选择较高的ISO感光度。但需要注意，ISO感光度越高，噪点越显著。
>
> 另外，当快门速度为1秒或更长时，拍摄后会执行降低噪点处理(长时曝光降噪)。在降低噪点操作期间，用户无法进行下一次拍摄。

S模式下高速快门拍摄的照片　　　　　S模式下低速快门拍摄的照片

4. M(手动曝光)模式

在M模式下，用户可以控制快门速度和光圈大小。快门速度可以从最小到最大设置，光圈大小可以从最小到最大设置，按住快门则可以达到更长时间的曝光(BULB)。

要想使用M模式拍摄，可以根据以下步骤操作。

(1) 将模式旋钮设为M模式。

(2) 旋转控制转盘调整快门速度。

(3) 在按住快门的同时，旋转控制转盘以调整光圈大小。

(4) 在EV标度条上查看曝光值，适当调整曝光大小。

(5) 通过取景器进行构图。

(6) 调节对焦并拍摄被摄体。

在M模式下，用户可以改变快门速度和光圈值组合而不改变预先所设置的曝光值。另外，按住AEL按钮的同时旋转控制转盘，可以选择快门速度及光圈值的组合。

M模式下拍摄的照片　　　　　　M模式并长时间曝光下拍摄的照片

4.2 运用正确的对焦

数码单反相机一般提供自动对焦和手动对焦两种方式。通过合适的对焦方式，可以让被摄物清楚或虚幻地呈现在照片上。

4.2.1 自动对焦

当使用自动对焦时，相机会自动选择适合的拍摄条件或主体的自动对焦模式。

1. 自动对焦模式

数码单反相机通常以AF标识表示自动对焦模式。当设置自动对焦模式时，半按下快门按钮，相机将自动对焦，对焦完成后将会发出提示声。

下面以佳能EOS 50D为例，讲解使用自动对焦模式拍摄照片的方法。

1 打开自动对焦开关

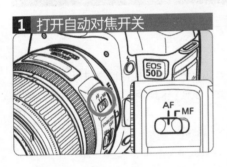

将相机镜头上的对焦模式开关设置为AF模式。

2 启动自动对焦驱动模式

按下相机的AF·DRIVE按钮，启用自动对焦驱动模式。

3 选择自动对焦模式

转动主控制旋盘选择合适的自动对焦模式。

4 拍摄对象

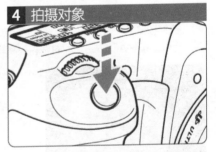

半按下快门按钮进行自动对焦，对焦完成后完全按下快门按钮完成拍摄。

提示： 佳能EOS 50D数码单反相机提供ONE SHOT、AI FOCUS、AI SERVO三种自动对焦模式。

■ ONE SHOT(单次自动对焦)：这种模式适用于拍摄静止的物体。半按下快门按钮时，相机会实现一次合焦。

■ AI FOCUS(人工智能自动对焦)：如果静止的物体开始移动，人工智能对焦模式将自动把自动对焦模式从单次自动对焦切换到人工智能伺服自动对焦。

■ AI SERVO(人工智能伺服对焦)：这种模式适用于拍摄对焦距不断变化的运动物体。用户只需半按下快门按钮，即可对主体进行持续对焦。

2. 选择自动对焦区域或对焦点

在拍摄取景时，相机会显示对焦区域。用户可以选择想要的AF区域以适合拍摄条件或个人喜好。对焦得到确认的AF区域以绿色显示，而其他AF区域则消失。

目前，多款数码单反相机都提供多个自动对焦点，例如佳能EOS 50D就提供九个自动对焦点，用户可以通过选择合适的自动对焦点进行对焦。例如用户在对拍摄对象进行构图期间，使用自动对焦点进行对焦。

选择合适的对焦点

4.2.2　手动对焦

当难以在自动对焦模式下获得正确的对焦区域时，用户可以进行手动调整。

1. 手动对焦模式

若要手动对焦，需要先将对焦模式设置为MF模式，然后通过调整镜头的对焦环，直至取景器中对焦区域内显示的影像在焦点上为止。

提示： 在手动对焦模式下，即使被摄物不在焦点上，用户也可以随时拍摄照片。

　　以佳能EOS 50D为例，使用手动对焦模式拍摄的操作是先将镜头对焦模式开关设置为MF模式，然后旋转镜头的对焦环进行对焦，直至在取景器上呈现的被拍摄物清晰。

手动对焦

① 将镜头对焦模式开关置于MF

② 对焦

　　如果镜头配备对焦模式开关按钮时，用户可以直接在镜头上设置对焦模式；如果镜头未配备对焦模式开关按钮时，用户可以将相机上的对焦模式开关设为MF。然后进行手动对焦拍摄照片。

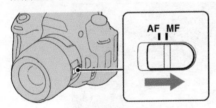

镜头的对焦模式设置

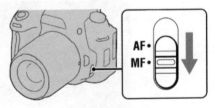

机身的对焦模式设置

2. 手动对焦检查

　　有时手动对焦可能会发生对焦不准的情况，此时可以通过拍摄专用影像传感器在拍摄前放大影像的方法来检查对焦。

　　以SONY α550为例，介绍通过影像传感器来检查对焦的方法。

　　在手动对焦时，按下MF CHECK LV按钮，此时反光镜会上拉并且影像以100%的放大率显示在LCD监视器上；接着按放大按钮放大影像并用控制器控制方向，选择想要放大的部分，以清楚观察对焦的情况；确定对焦后，完全按下快门按钮进行拍摄即可。

　　需要注意，如果在相机处于AE锁定模式时按MF CHECK LV按钮，则可检查反映补偿曝光的影像的版本。从此处开始拍摄时，相机以AE锁定状态开始曝光；同时，半按下快门按钮时，相机不会对被摄体对焦。

> **提示：** 当手动对焦检查开始时，快门速度和曝光的指示会被固定。相机会在拍摄前重新测光，曝光随后被自动设定。无论确定的曝光大小如何，影像均以正确的亮度进行显示。曝光补偿不会反映在显示的影像中，但会在拍摄的影像中得以反映。

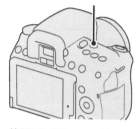

使用MF CHECK LV按钮

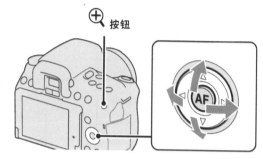

放大影像查看对焦

4.3 设置合适的曝光

拍摄照片时，正确的曝光是决定照片质量的关键因素之一。本节将详细介绍如何使用数码单反相机的曝光功能，以及相关的曝光技巧。

4.3.1 测光

拍摄前的测光是提供如何进行曝光的依据。换句话说，测光的模式决定了相机设置曝光的方式。

大部分的数码单反相机都提供多种测光模式，下面以佳能EOS 50D为例，介绍不同测试的应用。

佳能EOS 50D提供了"评价测光"、"局部测光"、"点测光"和"中央重点平均测光"四种测光模式。

● 评价测光：这是通用的测光模式，适合大部分拍摄主体，例如人像，甚至逆光主体。这种测光模式可以让相机通过检测拍摄对象的位置、亮度、背景、顺光和逆光等条件，从而设置适当的曝光参数。

● 局部测光：当逆光的时候，背景会比主体更亮，这时使用局部测光模式非常有效。局部测光覆盖取景器约9%的面积。

● 点测光：这种模式适用于对拍摄主体或场景的某个特定部分进行测光。点测光偏重于取景器中央，覆盖了取景器中央约3.8%的面积。

● 中央重点平均测光：这种测光模式的测光偏重于取景器中央，然后平均到整个场景。

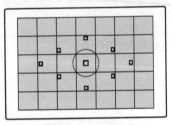

评价测光示意图

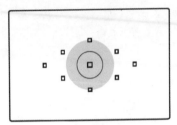

局部测光示意图

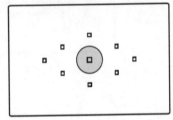

点测光示意图

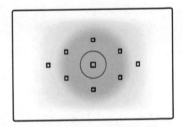

中央重点平均测光示意图

要想使用佳能EOS 50D相机进行测光，可以按下相机上的 WB 按钮 ⊙，然后通过主控制旋盘选择合适的测光模式。

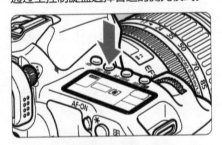

按下相机上的WB按钮 ⊙

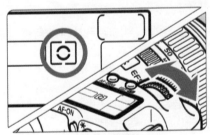

选择测光模式

4.3.2 设置曝光补偿

曝光补偿也是一种曝光控制方式。如果环境光源偏暗，即可增加曝光值(如调整为+1EV、+2EV)以凸显画面的清晰度；如果环境光源偏亮，即可减少曝光值(如调整为-1EV、-2EV)以降低画面的曝光参数。

曝光补偿适用于P模式、S模式和A模式，在M模式下，曝光补偿仅仅影响电子

模拟曝光显示中所示的曝光信息,而快门速度和光圈大小不会发生变化。

要设置曝光补偿,可以按下【曝光补偿】按钮 ,此时曝光补偿画面会出现在取景器(取景器取景)或液晶屏幕上(液晶屏取景)。

用户可以用控制转盘的方法调整曝光。

- 向+方向(偏高):调亮影像。
- 向-方向(偏低):调暗影像。

下图所示为SONY α550数码单反相机的曝光补偿设置示意图。

按下【曝光补偿】按钮

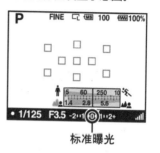

设置曝光补偿

部分机型可以将曝光补偿的数值和设置显示在机身上方的显示屏上。如下图所示为佳能EOS 50D相机的曝光补偿设置。

增加曝光使图像更亮

减少曝光使图像更暗

增加曝光

减少曝光

曝光补偿为-1EV的效果

标准曝光的效果

曝光补偿为+1EV的效果

4.3.3 自动包围曝光

自动包围曝光模式可以用逐渐改变曝光或白平衡的形式进行连拍。简单来说，相机通过自动更改快门速度或光圈值，可以用包围曝光(针对不同机型，一般为±2级范围以1/3级为单位调节)的方式连续拍摄多张照片，以便让用户选择曝光合适的照片。

下面以佳能EOS 50D为例，说明设置自动包围曝光模式的操作步骤。

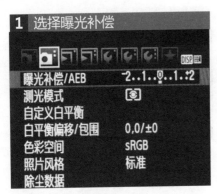

① 打开相机设置菜单。
② 打开曝光补偿选项所在的设置页。
③ 选择【曝光补偿/AEB】选项。
④ 按下SET按钮。

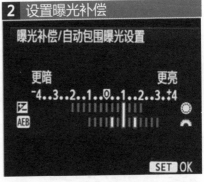

① 转动主控制旋盘设置自动包围曝光量。
② 按下SET按钮设置曝光量。
③ 退出相机设置菜单。

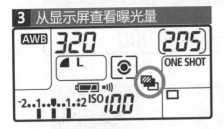

机身上方的显示屏会显示图示 🔳 和自动包围曝光量。

完成设置后，进行正确对焦，然后按下快门按钮进行拍摄。拍摄完成后将出现三张包围曝光的照片，并且这三张照片以标准曝光量、减少曝光量和增加曝光量的顺序排列。

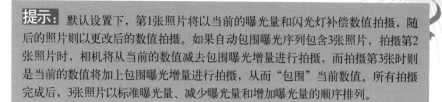

提示： 默认设置下，第1张照片将以当前的曝光量和闪光灯补偿数值拍摄，随后的照片则以更改后的数值拍摄。如果自动包围曝光序列包含3张照片，拍摄第2张照片时，相机将从当前的数值减去包围曝光增量进行拍摄，而拍摄第3张时则是当前的数值将加上包围曝光增量进行拍摄，从而"包围"当前数值。所有拍摄完成后，3张照片以标准曝光量、减少曝光量和增加曝光量的顺序排列。

4.3.4　B快门曝光

当需要超过1秒的曝光时间时，就要用到B快门曝光了。使用B快门的时候，快门按钮按下，快门便长时间开启，直至松开按钮，快门才关闭。B快门是专门为长曝光设定的快门。

B快门曝光用于拍摄夜景、烟火、天体以及其他需要长时间曝光的对象。

要想使用B快门曝光，将快门设置到B档，然后将相机的模式设置为M模式，设置快门速度为"buLb"，接着设置光圈并进行对焦，最后完全按下快门按钮完成拍摄。在用户按住快门期间，镜头将持续曝光，曝光的时间会显示在液晶显示屏上(部分机型)。

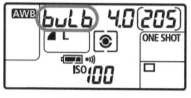

设置B快门速度

曝光时间

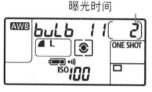

屏幕显示曝光时间

4.4　应用白平衡和色温

白平衡模式的功能是将影像色调调整为大致与用户所看到的相同。当影像的色调与预期的不相符，或当用户出于摄影效果的目的希望改变色调时，即可设置白平衡模式进行调整。

4.4.1　设置白平衡

被摄体的色调随光源的特性而变化。下表显示与1个在阳光下显示为白色的被摄体相比，色调如何根据光源不同而变化。

天气/照明	日光	多云	日光灯	白炽灯
光线的特征	白	偏蓝	淡蓝	偏红

大部分数码单反相机都提供多种白平衡设置选项，以下以尼康D80数码单反相机为例，简述一下白平衡的设置选项。

A 自动	相机自动设置白平衡，大多数情况下可以使用此选项
白炽灯	在白炽灯照明下使用
荧光灯	在荧光灯照明下使用
直射阳光	在拍摄对象处于阳光直射状态下使用
闪光灯	与内置闪光灯或另购的闪光灯组件一起使用
阴天	在白天多云时使用
阴影	在白天拍摄对象处于阴影下使用
K 选择色温	从数值列表中选择色温
PRE 白平衡预设	使用灰色或白色的物体，或者现有照片作为白平衡的参照

要选择白平衡模式，可以按下相机的WB按钮，然后旋转拨盘来选择白平衡的设置。旋转到需要的白平衡选项后，确定设置即可。

尼康D80数码单反相机设置白平衡的操作

提示： 除了设置K(选择色温)和PRE(白平衡预设)选项外，其他白平衡选项都可以进行微调整。用户可以在-3～+3之间以1为增量进行微调白平衡。选择较低数值可以使照片呈现为轻微的黄色或红色；选择较高数值则可以使照片的色调偏蓝。

4.4.2 自定义白平衡

部分数码单反相机具有预设白平衡的功能，即使用灰色或白色的物体，或者现有照片作为白平衡的参照，自定义白平衡的数据。

下面以佳能EOS 50D数码单反相机为例，说明自定义白平衡的操作步骤。

1 拍摄一个白色物体

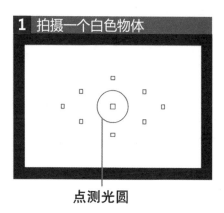

点测光圆

① 找一个平坦的灰色或白色的物体，例如白纸或灰卡。

② 以点测光的模式测光，白色(灰色)的物体应该充满点测光圆。

③ 手动对焦为白色(灰色)的物体设置正确曝光。

④ 拍摄白色(灰色)的物体。

2 自定义白平衡

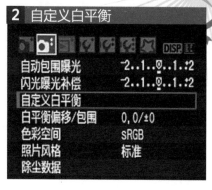

① 打开相机设置菜单并切换到白平衡选项所在的设置页。

② 选择【自定义白平衡】选项。

③ 按下相机的SET按钮。

3 导入白平衡数据

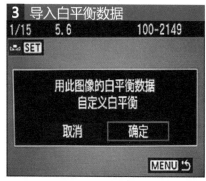

① 转动控制转盘选择到刚拍摄的白色或灰色物体的照片。

② 按下SET按钮。

③ 在出现的对话屏幕中选择【确定】按钮，导入白平衡数据。

4 设为白平衡并使用

① 继续选择【确定】按钮将数据设置为自定义白平衡。

② 退出菜单，然后按下WB白平衡按钮。

③ 通过旋转控制器选择自定义白平衡选项即可。

提示： 在自定义白平衡时，可以使用18%的灰度卡(市面有售)取代白色物体，这样可以更精确地设置白平衡。

4.4.3 设置色温

色温是对光源颜色的客观度量标准，它是根据物体在加热后辐射出同一波长的光所需达到的温度来定义的。色温为5000K~5500K之间时的光源呈现为白色；较低色温的光源，如白炽灯，呈现为轻微的黄色或红色；较高色温的光源则色调偏蓝。

其实，白平衡的设置也属于色温调整的一种方式，数码单反相机中提供的不同白平衡模式，实际上对应着一个色温或色温范围，如下表所示。

显示	模式	色温(K:开尔文)
AWB	自动	3000 ~ 7000
☀	日光	5200
☖	阴影	7000
☁	阴天、黎明、黄昏	6000
☀	钨丝灯	3200
▥	荧光灯	4000
⚡	闪光灯	6000
☒	自定义	2000 ~ 10000
K	色温	2500 ~ 10000

下面以佳能EOS 50D数码单反相机为例，说明设置色温的操作。首先打开相机设置菜单并切换到白平衡设置页，其次选择【白平衡】选项并按下SET按钮，再次在【白平衡】菜单中选择【K(色温)】选项，最后通过转动旋盘设置色温。

佳能EOS 50D数码单反相机色温设置界面

4.5 本章小结

本章主要介绍使用数码单反相机拍摄照片的基本方法，其中包括使用相机的不同拍摄模式、使用相机的自动对焦和手动对焦功能、设置曝光、设置白平衡和色温。通过上述内容的讲解，读者可以掌握和运用数码单反相机的摄影功能进行拍照。

第5章
运用镜头、滤镜和闪光灯

镜头卡口和标识

镜头卡口和标识是选购镜头的重要参考指标，只有了解镜头卡口类型和相关标识的含义，才能正确指导我们选购到合适的镜头。

运用镜头拍摄

不同性能的镜头，具有不同的拍摄效果。通过掌握合理地运用镜头拍摄的方法和技巧，可以让用户选购到符合自己需求的镜头。

数码相机常用的滤镜

滤镜是摄影师完成特殊效果拍摄的魔术工具，通过使用各种滤镜，可以轻松实现各种特殊的拍摄效果，例如使用星光镜可以让拍摄的照片出现特殊的星光效果。

闪光灯的使用方法和技巧

闪光灯一般具有调整色温、提高亮度的作用。合理运用闪光灯，不但可以达到提高亮度的目的，还可以让拍摄的照片更加合理地表现光线的效果。

5.1 认识镜头卡口和标识

镜头是一部相机的灵魂，对于数码单反相机来说，镜头更是不可或缺的主要配件。数码单反相机的一个重要特征，就是可以随意更换卡口规格一致的不同镜头。通过使用不同类型的镜头，可以满足用户对不同场景的拍摄需求。

5.1.1 镜头的卡口类型

数码单反相机最大的优势就是根据拍摄的不同需求更换不同的镜头，前提条件是镜头和机身的卡口规格是一致的。

卡口就是可更换镜头与机身的接口，由于业内有多家厂商生产镜头，每个生产商都有自己专有的卡口类型，因此镜头卡口的规格也不一样。与机身卡口规格不同的镜头是无法安装到相机上的。

> **提示：** 在购买数码单反相机前，用户应该考虑镜头卡口的兼容性问题，需要确定好相机的卡口类型。因为一旦确定了某种品牌的机型，就只能选择与该机型配套的卡口类型的镜头。

相机发展至今，产生的镜头卡口类型有很多种，以135镜头为例，常见卡口类型就有十几种。按照最短像场定位距离排列的镜头卡口类型如下表所示。

卡口	机身像场定位距离 mm	卡口环直径 mm	卡口环类型	旋转方向	使用卡口的品牌
4/3	38.6	46.5	内三爪	顺时针	Olympus、Panasonic、Leica
AR	40.5	47.0	内三爪	顺时针	Konica
FD/FL	42.1	48.0	外三爪	顺时针	Canon T、A、F
MD/MC	43.5	45.0	内三爪	顺时针	Minolta、Seagull
FX/AX	43.5	49.0	内三爪	顺时针	Fujica
EF	44.0	54.0	内三爪	顺时针	Canon EOS
SA	44.0	48.5	内外三爪	顺时针	Sigma
A	44.5	50.0	内三爪	顺时针	Sony/Konica-Minolta/Minolta AF
C/Y	45.5	48.0	内三爪	顺时针	Contax、Yashica、Phenix
Kyocera/Yashica AF	45.5	50.0	内三爪	顺时针	Kyocera、Yashica AF
K/PK/RK	45.5	48.5	内三爪	顺时针	Pentax、Ricoh、Chinon、Cosina、Phinex
M42	45.5	42.0	内三爪	顺时针	
Mamiya	45.5	49.0	内三爪	顺时针	Mamiya NC/ZE系列照相机
OM	46.0	47.5	内三爪	顺时针	Olympus
F	46.5	47.0	内三爪	逆时针	Nikon、Phenix
R	46.9	49.0	内三爪	顺时针	Leica R
Kyocera Contax-N	48.0	55.0	内三爪	顺时针	Contax N

提示： 上文所说的135镜头，是指可以在135相机上使用的镜头。在早期，人们把35mm的胶卷称为135胶卷，而使用135胶卷的相机称为135相机。135相机的胶卷画幅是36mm(长)×24mm(宽)，算上高度和上下的方形齿孔总高度是35mm。为什么把35mm胶卷叫135胶卷呢？据说当时的胶卷盒子上印有135，所以称为135胶卷。

像场定位距离是指机身上镜头卡口平面与机身感光器件平面之间的距离。

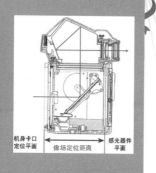

对于目前的数码单反相机来说，常用的镜头卡口类型主要是以佳能相机为代表的EF卡口，以尼康相机为代表的AF卡口以及以SONY相机为代表的α卡口。除此以外，还有部分数码单反相机使用4/3卡口、KAF卡口以及其他卡口。

1. 佳能相机卡口

伴随佳能首款单反相机Canonflex登场的是R卡口。这是一种三爪式的卡口，它通过镜头一侧套管式的固定圈旋紧来固定。

1963年，佳能使用可以收缩光圈进行TTL测光的FL卡口取代了R卡口。FL卡口采用其他厂家普遍采用的设计，也就是利用镜头内弹簧拉动光圈页片联动机身上的

佳能相机卡口

拨杆随时可以收缩到设定光圈，这是为对应TTL收缩光圈测光而开发设计的。

1971年，佳能再次使用先进的FD卡口取代了FL卡口。FD卡口在以往自动光圈拨杆的基础上增加了光圈值信号拨杆、开放F值信号触点、AE切换触点。

1987年，佳能生产出EOS 650机身，并在此机身上首次使用EF卡口取代了FD卡口。EF卡口是一个完全电子化、大口径化的先进卡口，它没有任何机械式信号传递机构，只靠机身上8个、镜头上7个电子触点就可完成所有的信号传递，并为其提供电力，因此镜头内可以安装驱动马达。另外，佳能还采用了当时业界单反相机中最大的卡口口径——54mm，这不仅可以尽情地开发各种大光圈镜头，同时也可以通过转接环接驳其他厂家、其他卡口的镜头。目前，大多数佳能的数码单反相机都使用这种类型的卡口。

佳能后来为APS-C画幅的数码单反相机专门开发了新的EF-S镜头，不过EF-S不算一个新卡口，它只是新的镜头类型而已。

EF卡口

APS-C画幅的佳能EOS 50D

2. 尼康相机卡口

自1959年尼康单反相机问世以来，F卡口以其稳固的姿态被继承了下来。从最初的MF卡口一直到现在的AF卡口，尼康F卡口已历经50多年的历程。

1977年，尼康发布了AI(开放光圈值自动补正方式，Automatic Maximum Aperture Indexing)镜头，它是采用一种新的测光联动技术。过去当镜头接到机身时，必须手动将光圈设到最大，或者先将光圈调到最小，然后再调到最大，才能实现自动光圈收缩，而新的AI系统则能自动指示机身，使得镜头光圈更换得更加快捷。

1978年，伴随尼康EM机身的上市，尼康还发布了低价位的E系列镜头(Series-E)，并使用与之配套的卡口类型。

1981年，为了用机械的方式实现光圈优先(以至程序模式)的功能，AIS镜头取代了AI镜头。

1983年，尼康第一台自动聚焦相机F3AF上市，这台相机其实是在F3的基础上加上一个自动聚焦组件，保留了F卡口。

1986年，尼康发布AF卡口。大多数早期镜头都是基于AIS和E系列镜头设计的，但后来的镜头在光学系统上为自动聚焦进行了优化，逐渐演变出D型、G型和P型镜头。这些镜头都应用标准的AF卡口。

尼康早期的MF卡口

尼康的AF卡口

3. SONY相机卡口

要了解SONY相机的卡口，就要先了解美能达(Minolta)相机卡口的发展历史。因为在2006年，美能达将相机业务卖给索尼后，其卡口标准也被索尼继承了下来，而索尼在此基础上也继承了很多美能达原有的镜头类型。

美能达早期的手动镜头为MC镜头，后期的则为MD镜头。当1959年美能达第一款135单反相机SR-2问世的时候，MD卡口就被固定下来。美能达的MC和MD镜头是同种机械卡口，都为MD卡口，仅仅是生产年代以及接到机身上所能实现的功能不同而已。

1985年，美能达生产出世界上第一台一体化的AF单反相机α7000，而且将一直沿用的MD卡口改为MA卡口(也叫α卡口)。与MD卡口相比，MA卡口的口径由原先的45mm增大到50mm，镜头的光圈环也取消了，改为机身调节，镜头与机身之间的信息交流全部依靠电子触点。这种卡口类型一直沿用到目前大部分SONY数码单反相机中。

美能达MD卡口　　　　美能达MA卡口　　　　SONY数码单反相机使用的MA卡口

4. 其他相机卡口类型

除了上述主流镜头卡口外，常见的还是奥林巴斯数码单反相机使用的4/3卡口，以及宾得与三星数码单反相机使用得KAF卡口等类型。

1) 奥林巴斯相机卡口

1972年，奥林巴斯发布了第一款135单反相机，取名为M-1，由于侵犯了Leica(徕卡) M型相机的注册商标，故改名为OM-1。OM即Olympus M system的简称，这也是该卡口的名称。

2003年，奥林巴斯旗下第一款可更换镜头的数码单反相机E-1问世。它采用了全新的4/3规格、500万像素的柯达CCD和新的镜头卡口系统，我们称之为4/3系统卡口，而与之配套的Zuiko Digital镜头采用的即是4/3系统卡口。

提示： 目前，除了奥林巴斯自家的Zuiko Digital镜头外，使用4/3卡口类型的还包括松下生产的D型数码专用镜头和适马的部分镜头。

2) 宾得相机卡口

宾得是日本单反相机的缔造者，早期宾得生产的单反相机一直沿用M42螺口。

1975年，宾得抛弃M42螺口改用K型插刀式接环，即PK卡口，它也是世界上采用最多的卡口之一，包括理光、启能、确善能以及国内的凤凰等公司生产的单反相机均采用PK卡口。

早期的K及KA型镜头是手动对焦镜头，后来研制的FA及F系列镜头则为自动对焦镜头。宾得在原来的KA型卡口上增加了一个AF连接器和七个电子触点，与原有的K型及KA型卡口完全兼容。

1991年，宾得推出了第二代智能化AF单反相机Z-10和Z-1。这两款AF单反相机的特点是具有自动变焦控制功能，因此也要求镜头内具有变焦马达。所以，宾得推出了FA(全自动)系列AF镜头，并对原来的KAF卡口进行了改良，增加了两个电源触点，用于供电给镜头内的变焦马达。新型镜头卡口的代号为KAF2，新旧两个系列的AF镜头是兼容的。

奥林巴斯相机的4/3卡口

宾得相机的KAF卡口

5.1.2　镜头的焦距与等效焦距

镜头焦距是指镜头透镜中心到焦点的距离，是镜头的重要性能指标之一。

镜头焦距的长短决定着拍摄的成像大小、视角大小、景深大小和画面的透视强弱，如右图所示。

镜头焦距的长短决定了被摄物在成像介质(胶片或CCD等)上成像的大小，也就是物和像的比例。当对同一距离的同一个被摄目标拍摄时，镜头焦距长的所成的像大，镜头焦距短的所成的像小，如下图所示。

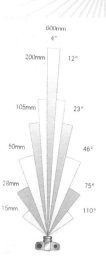

焦距与视角关系

35mm焦距成像效果

300mm焦距成像效果

根据用途的不同，相机镜头的焦距相差非常大，有短到几毫米、十几毫米的，也有长达几米的。

1. 等效焦距

数码相机因为其感光元件(CCD或CMOS)的尺寸是随相机的不同而不同的，所以同样焦距的镜头在不同尺寸感光元件的数码相机上，成像的视角也不同。

举个例子来说，50mm焦距的镜头用在135胶片相机上，其视角约为46度，而用在APS-C画幅(感光元件对角线长度是135胶片的2/3)的数码单反相机上，其视角约为30度，而50mm镜头在APS-C的机器上的拍摄视角大概与75mm焦距的镜头在135胶片机的底片上成像的视角相当，都约为30度。

所以仅仅靠镜头的真实焦距，无法比较不同相机的拍摄范围(成像视角)。但对于用户来说，真正有意义的正是相机的拍摄范围(视角大小)。

由于一直以来用户通常以135胶片相机的镜头焦距来界定拍摄视角(135胶片相机的感光面是固定不变的)，所以用户也习惯于将不同尺寸感光元件上成像的视角，转化为135相机上同样成像视角所对应的镜头焦距，这个转化后的焦距就是等效焦距(也称为135等效焦距)。

2. 焦距转换系数

为了描述等效焦距，特别引入了焦距转换系数这个概念，即用该系数乘以镜头的实际焦距，即可得到等效焦距。

等效焦距=镜头焦距×焦距转换系数

例如，上述的50mm镜头用在APS-C的数码单反相机上，其相机等效焦距为75mm，又因为75mm=50mm×1.5，所以这里的1.5就是"焦距转换系数"。

下表所示为目前常见机型的镜头焦距转换系数。

焦距转换系数	画幅规格	物理尺寸/mm	代表机型
1.0	135全幅面	36×24	佳能EOS 1Ds Mark II、佳能EOS 50D、尼康D30、尼康D700
1.3	APS-H	28.7×19.1	佳能EOS 1D Mark II
1.5	DX画幅	23.7×15.6	SONY α全系列、宾得*isD全系列、尼康D全系列
1.6	APS-C	22.2×14.8	佳能EOS 350D\20D\30D
1.7	—	20.7×13.8	适马SD全系列
2.0	4/3系统	17.3×13	奥林巴斯、松下4/3系统全系列

5.1.3 了解镜头上的标识

目前，镜头的种类繁多，从超广角镜头到大变焦镜头，从标准定焦镜头到微距镜头。不同的拍摄场景，不同的拍摄需求，可以使用不同的镜头以达到最佳的拍摄效果。

要想选择合适的镜头，就必须先了解镜头型号中的各项参数。不同厂商生产的镜头都会带有一些特殊的标识，以标明镜头的特性。用户通过了解这些标识，就可以了解镜头的规格和相关参数。下面以尼康和佳能两个品牌的镜头为例，介绍不同标识的含义。

1. 尼康镜头的标识

1) AI(Automatic Indexing，自动最大光圈传递技术)

AI是指将镜头的最大光圈值传递给测光系统以便进行正常曝光测量的过程和方法。当一个AI镜头被装在兼容AI技术的机身上时，该镜头的最大光圈值在机械连动拨杆的自动接合和驱动下传递给机身的测光系统，以实现全开光圈测光。

2) AI-S(Automatic Indexing Shutter，自动快门指数传递技术)

尼康在1981年对AI镜头卡口进行了修

具有AF-S的尼康镜头

改，修改后的新镜头就是AI-S卡口镜头。用户可以根据镜头光圈环和光圈直读环上的橙色最小光圈数字以及插刀卡口上的打磨凹槽，非常容易识别。

3) AF(Automatic Focusing，自动对焦技术)

AF表示镜头具有自动对焦功能。目前，几乎所有的镜头都具备此功能。

4) AF-S(S：Silent Wave Motor，自动对焦静音马达)

AF-S标识代表镜头装载了静音马达(Silent Wave Motor，S)，这种马达等同于佳能的超音波马达(Ultrasonic Motor)，可以由"行波"(Travelling Waves)提供能量进行光学聚焦，可高精确和宁静地快速聚焦，可随时手动对焦。

5) D型镜头(Distance，焦点距离数据传递技术)

D型镜头代表镜头可回传对焦距离信息，作为3D(景物的亮度，景物对比度，景物的距离)矩阵测光的参考以及TTL均衡闪光的控制。D型镜头还可以用在老款的尼康相机机身(如F70)上，而且可以实现自动对焦。

6) G型镜头

G型镜头无光圈环设计，光圈调整必须由机身来完成，同时支持3D矩阵测光。这样的设计减轻了镜头重量，降低了生产成本。G型镜头操作更为简便，理论上没有误操作，因为它无需手动设置最小光圈。这是塑料AF镜头的延续，针对那些几乎从不手动设置镜头的摄影者而设计的。

尼康D型镜头

尼康G型镜头

7) CRC(Close Range Correction，近摄校正)

CRC采用浮动镜片设计，保证近摄时光学素质不下降，例如AIS 24/2.8、AF 85/1.4D IF之类镜头均采用了CRC技术。

8) DC(Defocus-image Control，散焦影像控制)

尼康公司独创的镜头，可提供与众不同的散焦影像控制功能。镜头的前端有一个散焦定位转环，该环上的光圈值从F2到F5.6共4挡，分别标在环的左右，用R(后景散焦)与F(前景散焦)来指示。这是一种特殊的定焦镜头，其最大的特点在于允许对特定被摄体的背景或前景进行模糊控制，以便求得最佳的焦外成像，这一点在拍摄人像时非常有价值，它还可以帮助用户根据所想要表现的效果来控制照片的各个部分，这也是其他厂家同类镜头所无法比拟的。

9) ED(Extra-low Dispersion，超底色散镜片)

ED标识是指这只镜头内含ED镜片，最大限度降低镜头色差(Chromatic Aberration)，从而保证镜头有优异的光学表现。

10) IF (Internal Focusing，内对焦技术)

IF标识是指镜头在对焦时，前后组镜片都不移动，而由镜头内部的一个对焦镜片组(Focus Lens group)的浮动来完成对焦，对焦时镜头长度保持不变。IF技术的采用使快速而安静的对焦变为可能。

11) Micro

Micro标识是指这只镜头是微距镜头，或有微距拍摄的功能。

内含ED镜片的尼康镜头

12) N/A(全时手动对焦)

N/A标识表示无论什么时候，即使是镜头正在自动对焦时，都能用手动调节对焦，且不会损坏镜头。

13) P型镜头

P型镜头是指内置CPU的镜头。1998年尼康发布了内置CPU手动聚焦长焦镜头(P)，以满足AF机身先进的自动曝光功能，从而部分地解决了这个问题。尽管P型镜头看起来和AI-S镜头一样，但这些镜头却拥有AF镜头的电子性能和大部分其他性能。

14) PC – Shift

PC – Shift是指移动镜头光轴调整透视的镜头，多用于建筑摄影。

15) RF(Rear Focusing，后组对焦技术)

RF镜头由后组镜片(Rear Lens groups)完成对焦。由于后组镜片比前组镜片要小，易于驱动，所以保证了迅捷的对焦速度，而且镜头长度不变。RF对改善成像质量亦有贡献。

16) SIC

SIC是Super Intergrated Coating的缩写，意思是超级复合镀膜。

17) TC

TC是指镜头是一种增距镜(Teleconvertor)。

18) VR(Vibration Reduction，电子减震系统)

VR是尼康防手震镜头的标识，可用于手持摄影在低速快门时，以增加画面的稳定

具有电子减震系统的尼康镜头

性。能支持VR的机身有F5、F100、F80、F65、
D1、D100,其余机身可以使用镜头但不支持VR
功能。

2. 佳能镜头的标识

1) AFD(Arc-Form Drive,弧形马达)

AFD是早期EF镜头为AF驱动而开发的弧形直流
马达。与USM马达不同,AFD马达对焦是有声的。

2) DO(Multi-Layer Diffractive Optical
Element,多层衍射光学元件)

佳能于2000年9月4日宣布研制成功世界上
第一片用于相机摄影镜头中的"多层衍射光学元
件"。多层衍射光学镜片同时具有萤石和非球面镜
片的特性,所以该镜片的推出,是光学工业的一个

佳能AFD镜头

里程碑。衍射光学元件最重要的特性是波长合成图像的位置与折射光学元件的位
置是反向的。在同一个光学系统中,将一片MLDOE与一片折射光学元件组合在一
起,就能比萤石元件更有效地校正色散(色彩扩散)。而且,通过调整衍射光栅的节
距(间隙),衍射光学元件可以具有与研磨及抛光的非球面镜片同样的光学特性,能
有效地校正球面以及其他像差。

3) EF(Electronic Focus,电子对焦)

EF表示具有电子对焦功能,是佳能EOS原厂镜头的系列名称。

4) EMD(Electronic-Magnetic Diaphragm,电磁光圈)

所有EF镜头的电磁驱动光圈控制元件,是变形步进马达和光圈叶片的一体化
组件,用数字信号控制,灵敏度和精确度都很高。

5) FL(Fluorite,萤石)

FL是一种氟化钙晶体,具有极低的色散,其控制色差的能力比UD镜片还要
好。从严格的意义上来说,萤石不是玻璃,而是一种晶体,它的折射率很低(1.4),
而且不受潮湿环境的影响。萤石镜片不如普通玻璃耐冲击,但也不像想象中那么易
碎,所以在使用中并不需要特殊的照顾。

佳能豪华镜头EF70-200/2.8 LU

6) L(Luxury,豪华)

L是佳能专业镜头的标志,
和消费级镜头相比,L镜头带有
研磨非球面镜片、UD(低色散)、
SUD(超低色散)或者Fluorite(萤
石)镜片,这些是镜头拥有出色
光学质量的重要基础。通常镜头
的构造质量也比一般的要优秀很

多。其标志为镜头前端的红色标线，是佳能的高档专业镜头。

7) IS(Image Stabilizer，影像稳定器)

影像稳定器是通过修正光学部件的运动来减小手颤抖对成像产生的影响，所以也称防手振镜头。在IS镜头中，装有一个陀螺传感器，它能检测手的振动并把它转化为电信号，这个信号经过镜头内置的计算机处理，控制一组修正光学部件做与胶

具有影像稳定器的佳能移轴镜头

片平面平行的移动，抵消手颤动引起的成像光线偏移。这个系统能够有效地改善手持拍摄的效果，对一般情况而言，IS镜头允许用户使用比理论上低两级的快门速度。也就是说，使用300mm普通镜头时，只能选择1/250秒以上的速度，而使用300mmIS镜头就可以用1/60秒的速度拍出清晰的照片。

8) MM(Micro-Motor，微型马达)

MM是传统的带传动轴的马达，比较费电，不支持全时手动(FTM)，多用于廉价的低档次镜头。

9) SF(Soft Focus，柔焦镜头)

用SF镜头拍摄出来的照片与相机移动或调焦不实的效果大不相同，它利用刻意设计的球面像差，而使被摄景物既焦点清晰又柔和漂亮。柔焦的效果视光圈大小及专门的调节装置而有强弱之分。

10) S-UD(Super Ultra-low Dispersion，高性能超低色散镜片)

使用一片S-UD与使用一片萤石镜片的效果相近。

11) TS(Tilt Shift，移轴镜头)

TS是可以移动镜头光轴调整透视的镜头。移轴镜头的作用，除了纠正透视变形，还能调整焦平面位置。正常情况下，相机焦平面与胶片平面平行，用大光圈拍摄，焦平面的景物清晰，焦外模糊；若用移

佳能移轴镜头

轴镜头调整焦平面，就能改变清晰点。

12) UD(Ultra-low Dispersion，超低色散镜片)

UD是一种特殊类型的光学玻璃，由于它能够控制光谱中光线的色散现象，因此被广泛用于镜头的色差控制。两片UD一起用与用一片萤石镜片的效果相近。

13) USM/U(Ultrasonic Motor，超声波马达)

大部分EF镜头使用的是对焦马达类型，利用频率在超声波区域的振动源转动的马达，是实现宁静、高速AF的主要部件。EF镜头的超声波马达有两种，环形声波马达(Ring-USM)和微型超声波马达(Micro-USM)。

采用超声波马达的镜头在前端有一黄色环，标记着"ULTRASONIC"。环形超声波马达是佳能高级USM镜头使用的对焦马达，其驱动组件是环形的，在驱动时不需要使用任何齿轮之类的传动件。因扭矩很大，所以启动和制动的速度比一般的对焦马达快很多。全时手动只能在环形超声波马达镜头中实现，要注意EF 200/1.8L、EF 500/4.5L和EF 600/4L、EF 50/1.0L、EF 85/1.2L等不能实现全时手动。

微型超声波马达是一种小型圆柱状超声波马达，在速度和安静程度上不如环形超声波马达，而且不能全时手动对焦，但因其制造成本较低，所以较多地用在中低档的EF镜头上。

佳能EF-S 17-85/4-5.6 IS USM镜头

佳能15-85 mm/3.5-5.6 IS USM 镜头

5.2 合理运用不同镜头拍摄

用户在选购镜头时，需要对镜头的性能有所了解，然后根据自己的需要来选择合适的相机镜头。下面将详细讲解不同类型的镜头适用于怎样的拍摄环境，并且了解拍摄的效果，以便可以指导用户合理运用不同的镜头进行拍摄。

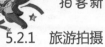

5.2.1 旅游拍摄

出外旅游时，简便易携带且轻巧的镜头是用户考虑的重点。旅游过程中，要拍摄的场景通常很多，有广阔的风景拍摄，有人文景像的拍摄。因此，旅游拍摄最好能选择"一镜走天下"型的变焦镜头。这种镜头的焦段变化范围应该涵盖了广角与长焦段，而且体型不大，方便轻巧，在容易携带之余满足日常旅行的拍摄需要。

拍摄旅游风光、人文景象的最佳焦段应该是广角焦段24mm、望远焦段200mm左右，用户可以考虑选择以下几款镜头。

1. 佳能EF 28-135 F3.5-5.6 IS USM镜头

佳能EF 28-135 F3.5-5.6 IS USM镜头是一只小光圈的标准变焦镜头，焦距范围是28mm~135mm。该款镜头内有IS防手振(Image Stabilizer，影像稳定装置)镜片组及震动回转器、驱动线圈等。镜筒上由远程起分别为变焦环(较宽)、对焦环(较窄)、距离标示窗口，并有银色"IMAGE STABILIZER"标识。

佳能EF 28-135 F/3.5-5.6 IS USM镜头带有辅助防眩光阻光阑(Flare-blocking)，它的位置在主光圈前方，能随SIC系统控制的6个镜组浮动变焦距移动到最佳光阑位置。辅助防眩光阻光阑是一个固定孔径的光阑，可以有效地阻挡镜头前六块透镜射出的多余杂光，最大限度地提高进入主光圈的成像光质，减少内部有害反射，增强影像反差和色彩饱和度。对于拍摄风景的照片来说，可以更真实地呈现风景的色彩效果。

佳能EF 28-135 F3.5-5.6 IS USM镜头和拍摄样张

2. 佳能EF 70-300 F4.5-5.6 DO IS USM镜头

佳能EF 70-300 F4.5-5.6 DO IS USM镜头是一个轻便的长焦镜头，该镜头使用比较罕见的绿圈镜头，搭配佳能独特的DO技术，可以有效地校正色散和球面，让拍摄的风景照更能体现其美感。虽然跟专业的高配镜头还是有些差距，不过该镜头短小轻便，更加便携。

佳能EF70-300 F4.5-5.6 DO IS USM镜头和拍摄样张

3. 尼康AF-S DX 18-135mm F3.5-5.6G IF-ED镜头

尼康AF-S DX 18-135mm F3.5-5.6G IF-ED镜头具有极佳的性价比，镜头焦距范围为18mm~135mm，适用于各种拍摄情况，从激烈的运动、动作和肖像拍摄到宽角度的风景拍摄(画角相当于 35mm 格式中的28mm~200mm镜头)。

镜头内置了SWM超声波对焦马达，并采用了IF内对焦方式，实现宁静、高速、顺畅的AF自动对焦。镜头采用1片ED镜片和2片混合型非球面镜片，可均衡的抑制色差和变形等，实现高解像力、高反差的优异图像。

尼康AF-S DX 18-135mm F3.5-5.6G IF-ED镜头和拍摄样张

5.2.2 人像拍摄

拍摄人像的最佳焦段是85mm~135mm(以35mm为标准)。这个焦段的镜头所拍摄的人像基本接近中等画幅相机所拍的画面效果，不仅远近感合适，而且人物脸部也显得非常自然。如果要强调人像背景虚化的拍摄效果，就要选择大光圈的镜头，以便控制景深。

要满足这些要求，可以选择定焦镜头，这是因为相比于变焦镜头，定焦镜头的光圈能做得更大，光学素质也更高。例如，85mm焦段的镜头最大光圈能做到F1.2或者F1.4，而135mm的镜头能做到F1.8或者F2.0，200mm的镜头也能做到F2.0，这是变焦镜头所无法达到的。

1. 佳能EF 85mm F1.8 USM镜头

佳能 EF 85mm F1.8 USM是一只最常用的中距离远摄镜头，它提供清晰的影像描写，而且携带方便，影像在任何光圈下都十分清晰。这种镜头能拍摄出极佳的模糊背景的效果。由于前镜片组在对焦时不会转动，故不会影响特别滤光镜的效果。

佳能EF 85mm F1.8 USM镜头和拍摄样张

2. 尼康AF 85mm F1.4D镜头

尼康AF 85mm F1.4D是一款轻便的中距远摄镜头，适用于人像拍摄。镜头具有F1.4D的大光圈，可以让影像具有景深的模糊背景，专为衬托靓丽、自然的主体人像设计的，是一款最适合拍摄人像的镜头。

　　这款镜头由于采用RF对焦方式，从无限远到最近拍摄距离，均能有效地抑制各种像差，并取得高反差影像。该镜头在技术上做了改进，在自动对焦速度和手动对焦时的操作性都有所提高。由于对焦时镜筒前端不转动，所以在使用偏振镜时非常方便。

尼康AF 85mm F1.4D镜头和拍摄样张

3. 索尼135mm F2.8 T4.5 STF镜头

　　索尼135mm F2.8 T4.5 STF镜头是唯一的装有Apodization光学元件(变迹滤镜)的镜头，可以提供完美的散焦画面，对焦点处清晰，前景和背景具有极美的散焦效果。

　　STF是Smooth Transmission Focus的缩写，一方面，无论是前景还是背景都可以有极美的散焦效果；另一方面，对焦点区域依然是清晰的、圆形光圈、漂亮的散焦、宽大对焦环给这款镜头带来舒适的操作性。

　　这款镜头继承了美能达传奇的STF 135mm F2.8 T4.5优秀血统，追求的是一种虚化背景的美化效果，目前没有任何一个镜头能够与之相比，该镜头的构造包括一个变迹过滤器，可以实现从聚焦区域向散焦区域的自然转换。因而用户使用该镜头拍摄人物时，可以让人物的轮廓依然清晰，而背景将被完美地虚化，使被摄主体在视觉上有凸出感。

索尼135mm F2.8 T4.5 STF镜头和拍摄样张

5.2.3 微距拍摄

最好的微距镜头是180mm焦段，因为这个焦段的镜头布光容易，景深浅，容易突出主体。如果需要比较经济的微距镜头，可以选择100mm焦段的镜头。

1. 尼康AF-S Micro 105mm F2.8G IF-ED VR

尼康AF-S Micro 105mm F2.8G IF-ED VR镜头是尼康最新的微距镜头产品，同时镜头使用了众多先进的技术，成为最为重要的一款数码单反镜头产品。尼康公司在这款镜头上使用了几乎所有的先进技术，包括尼康SWM超声波对焦系统、内置的IF内对焦设计、ED(超低色散)镜片、G型无光圈环设计，可以说是尼康在新时代打造的全新镜头产品，并获得了TIPA最佳专业镜头奖。

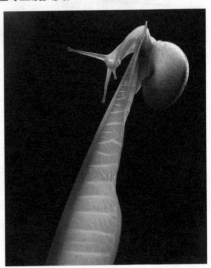

尼康AF-S Micro 105mm F2.8G IF-ED VR镜头和拍摄样张

2. 佳能EF 100mm F2.8L IS USM镜头

佳能EF 100mm F2.8L IS USM镜头新加入了双重IS影像稳定器，能够对在微距摄影等近距离拍摄时产生很大影响的"平移抖动"(垂直于光轴方向的抖动)进行补偿，并能够与一般情况下发生的"倾斜抖动"配合发挥很高的手抖动补偿效果。因此，该镜头能够在通常的拍摄距离下实现大约相当于4级快门速度的手抖动补偿效果，而在普通的手抖动补偿几乎很难发挥效果的微距摄影时，也能够发挥出良好的效果。

这款镜头的结构为12组15片，其中包含了1片对色像差有良好补偿效果的UD(超低色散)镜片。优化的镜片位置和镀膜可以有效抑制鬼影和眩光的产生。为了保证能够得到美丽的虚化效果，镜头还采用了圆形光圈。

佳能EF 100mm F2.8L IS USM镜头和拍摄样张

3. 适马APO 180mm F3.5 EX IF DG MACRO HSM镜头

APO 180mm F3.5 EX IF DG MACRO HSM镜头设计为DG系列，该系列镜头可发挥胶卷相机或数码单反相机良好的性能。镜头的外观采用了适马的高级型EX系列，使用无光泽的Pulp作为涂料，从而使人感到既高贵又坚固。

这款镜头是支持1∶1倍率的微距镜头，焦距为180mm的长焦镜头。因此在与被摄体处于40cm以外的距离，能够把被摄体的实物尺寸转移到摄像元件上。镜头在调节焦点时跟随镜头群移动的浮动系统，在镜筒内部移动，但镜头前部分不移动，这有利于偏光滤镜的使用，还可防止随着拍摄距离所产生的球面误差。该镜头采用了超声波引擎的HSM，从而使镜头移动时噪音较少，可快速对焦，还可串联使用AF与MF。

适马APO 180mm F3.5 EX IF DG MACRO HSM镜头和拍摄样张

5.2.4 夜景拍摄

夜景拍摄，应该尽量选择大光圈的镜头，目的是尽量多进一些光线，使感光度好一些，拍出来的照片画质更好。

1. 尼康Ai AF Nikkor 50mm F1.4D镜头

尼康Ai AF Nikkor 50mm F1.4D是一款以高性能、轻量、小型为设计目标的F1.4大口径D型标准镜头。通过有效地抑制各种像差，即使在开放光圈时也能取得高反差、锐利的影像。开放光圈摄影和缩小光圈摄影，能够分别取得远摄镜头和广角镜头的表现效果。该镜头不仅适合风景及人像摄影，也适合其他广泛的摄影场合。该镜头成像相当的锐利，收差补正良好，成像没有变形，高分辨率，色彩还原准确，而大光圈方便低照度下的摄影，尤其适合夜景拍摄。

尼康Ai AF Nikkor 50mm F1.4D镜头和拍摄样张

2. 佳能50mm F1.4 USM镜头

佳能50mm F1.4 USM镜头是一只轻巧及高素质的EF卡口标准镜头。它采用6组7片的光学结构，2片高折射镜片及全新的光学设计，能有效减低及防止色散，即使使用最大光圈，照片也清晰夺目。该镜头提供了最大F1.4及最小F22的光圈，滤镜口径58mm，而重量仅为290克。

佳能50mm F1.4 USM镜头和拍摄样张

5.3　认识相机的滤镜

通常情况下，用户只能依靠相机自身的镜头来控制进入相机的光线，但这种方式只能控制进入相机的进光量，无法增强或减低某种特定的光线。因此，要控制不同光线进入镜头的进光量，需要给相机的镜头再加上一层滤镜。

5.3.1　常见的滤镜品牌

目前，生产滤镜的厂家很多，下面将介绍几个常见的相机滤镜品牌。

1. B+W(德国)

B+W牌滤镜是德国施耐德光学公司的产品，该公司以生产高素质、大规格的光学镜头而闻名。它的专业滤镜品质优良，使用光学玻璃制造，并进行了多层镀膜，以避免镜头产生眩光。B+W牌滤光镜口径齐全，可以用在不同的镜头之上。

2. COKIN(法国)

COKIN(高坚牌)滤镜分为方形和圆形两大系列，其中方形系列产品有三种专用滤光镜插座，分别适用于A系列、P系列和X-Pro系列。A系列滤镜镜片尺寸较小(67′67mm)，适用于焦距超过35mm的镜头；P系列滤镜镜片尺寸较大(84′84mm)，可以满足广角镜头的使用要求；X-Pro系列滤镜镜片尺寸极大(5′7英寸)，特别适合于专业的大口径远摄镜头使用。高坚的滤镜型号超过三百种，除了上面介绍的之外，还有许多特殊效果的滤镜。

3. HELIOPAN(德国)

HELIOPAN(德国皓亮)牌的螺纹式滤镜采用树脂镜片，还为其他品牌的滤镜生产滤镜接环。它的荧光系列滤镜可以校正室内拍摄时的偏淡绿色调，该系列中的淡品红荧光滤镜是获得日出和日落特殊效果的拍摄利器。它的新型SLIM超薄系列滤镜用于广角镜头，能够避免出现四角发虚的现象，减少产生了暗角的概率。

4. HOYA(日本)

HOYA(保谷)牌的圆形滤镜覆盖了所有的滤镜口径(其实它也生产方形滤镜)，它的双色镜可以使拍摄的景物同时显现冷暖色调。另外，保谷公司还生产一系列的转接环，以便使它的滤镜(偏振或UV等)用于望远镜。

5. LEE(英国)

LEE牌滤镜用高质量的树脂和聚酯镜片制成，装在一个独特规格的滤镜插座上。由于其所使用的镜片尺寸极大，因此即便用于前组镜片特别大的镜头上也不会出现暗角现象。LEE牌滤镜独立成套，有风光系列、日出日落系列等，可以根据不同系列加以选择。

6. SINGH-RAY(美国)

SINGH-RAY牌的方形树脂滤镜和圆形螺纹式滤镜，因具有高品质而享有声誉。特别是它的特殊效果偏振镜系列，不仅可以提供普通偏振镜的效果，而且可以改变景物颜色的浓淡及其色调。SINGH-RAY牌的方形树脂滤镜可以用于高坚或LEE的滤镜插座上。

7. TIFFEN(美国)

TIFFEN（美国蒂芬）是世界上著名的专业摄影用滤镜生产厂家。为保证其产品的高品质和耐用性，该公司所生产的螺纹式滤镜采用多层光学玻璃夹胶的结构形式，可避免镜头出现眩光或导致其他光学失常的问题。包括HOLLYWOOD/FX系列滤镜在内，蒂芬公司提供了类型总数超过200种的各种滤镜，从偏振镜到有着奇异效果的星光镜，蒂芬的产品一应俱全。

5.3.2 不同滤镜的作用与拍摄效果

在早期，相机滤镜的种类少，功能单一，发展至今，相机的滤镜种类繁多，而且功能已经不局限于单纯控制光线，还可以实现其他功能，例如缩短焦距(近摄镜)。下面我们就来认识以下几种常用滤镜的作用。

1. 紫外线滤镜

紫外线滤镜就是常说的UV镜，它可以过滤阳光中的杂光，使拍摄的照片更加清晰。数码单反相机一般使用CCD来感光，阳光中杂光的波长对于CCD来说是不会被接受的，所以UV镜的用途已经很不明显了。但是还有很多数码单反相机的用户给自己的爱机配备UV镜，因为UV镜是透明的滤镜，用户可以使用它来保护镜头，使其免受灰尘污染和各种可能的擦、碰伤。

UV镜

安装了UV镜的相机

2. 偏振镜

偏振镜分为线偏振镜(PL)和圆偏振镜(CPL)2种。相机的AF系统是需要以镜头

的进光来对焦的，线偏振镜通过旋转，滤掉了某个方向的偏振光，会让某些相机的AF功能失效或产生错误；而圆偏振镜的后一组镜片能使前一组镜片通过的偏振光呈圆周旋转，透进AF系统的光学元件，从而对相机AF系统无影响。所以用户最常用的就是圆偏振镜。圆偏振镜有2块镜片组成，前一块镜片可以转动，用来控制消除偏振光的程度。

偏振镜

　　偏振镜在黑白和彩色摄影中均能使用。彩色摄影时加上偏振镜，可以使天空的颜色变得深暗，而仍能保持景物的其他原有色彩。另外偏振镜可以有效地提高色彩的饱和度，提高反差，在风景摄影、花卉摄影和拍摄某些特定的反光比较强烈的景物时很有用。

没有使用偏振镜的拍摄效果

使用偏振镜的拍摄效果

提示： 关于偏振镜的原理，需要先了解偏振光。光是一种电磁波，光波在各个方向的振动一般是均匀分布的，但非金属表面在一定角度下反射形成的眩光是偏振光。如玻璃的反光、水面的反光，天空中也都大量存在着偏振光(除金属物体的反光外)。而偏振镜的镜片中间夹一种有极细的杆状结晶体的胶膜或用其他蚀刻等工艺处理，可以一定程度地消除偏振光造成的影响。

3. 星光镜

　　星光镜是一种表面刻有网状浅槽的玻璃滤镜。星光镜会轻微地柔化影像，它可以将画面内的光源变成许多星点，营造浪漫而充满童趣的意境，同时，它也将光谱分解为一束同心点射线。

　　星光镜按星光效果的不同分为多种类型，如十字镜、雪花镜和米字镜等。

星光镜

旋转星光镜还可以改变星光图案中光轴的方向。合理使用星光镜能为作品增色不少，使用不当则会令作品感觉烦躁和俗不可耐。

使用星光镜拍摄的效果

4. 柔光镜

柔光镜又叫柔焦镜、朦胧镜，它的作用是使拍摄的画面全部柔化。这类滤镜表面有环状或网格状的光晕层，成像效果有点像老镜头特有的像差，因此常用于表现浪漫的场景或老人的肖像照(可以掩饰面部的皱纹)。使用柔光镜可以制造出一种既柔又清的效果，用于对人像肤色进行柔化，使人像的皮肤质感更好，拍摄人像可柔化人体肌肤的皱纹、斑点、毛孔等，制造细腻丰润、年轻迷人的效果。柔光镜适合于人像拍摄和风

柔光镜

景拍摄，对于人物面部的瑕疵有抑制、美化的作用，使其显得更漂亮。但当光线暗淡或景物反差低时，柔光镜的效果就没有那么理想了，因为柔光镜能使景物反差降低。

　　柔光镜有3种型号可供选择，其中1号柔光镜柔化效果较弱，2号居中，而3号柔光镜柔化效果最强，在实际使用中可以根据需要进行选择。为了实现一部分影像清晰、突出，而四周影像模糊的效果，还有一部分柔光镜在镜片的某一处使用透明玻璃或开孔，根据开孔位置不同，这类柔光镜被称为中空柔光镜及边空柔光镜。

　　另外，柔光镜还有两种差别：第一，DIFFUSER使整个图像产生软焦点效果，适合拍肖像。第二，SOFTENER A、B与前一种不同的是焦点清晰，有渐变效果，用于点状光源时效果显著。

没有使用柔光镜拍摄的效果

使用柔光镜拍摄的效果

5. 中密度镜

　　中密度镜的作用是阻挡一部分光线，但不改变光线的构成，并且不会对某种色光削弱得多而对其他色光削弱得少。

　　中密度镜的用途是减弱所有的光线，改变的只是胶片的曝光量，而对场景的相对明暗值不会产生任何影响。因此，中密度镜对彩色摄影和黑白摄影同样适用。

　　如果数码相机的ISO值不能更改，却正好需要在阳光强烈的室外

中密度镜

拍摄，或者需要在正常光线条件下用较长的曝光时间，这时中密度镜绝对是用户的最佳选择。

　　使用中密度镜可以让用户在强光下使用慢速快门拍摄出火车飞驰或瀑布丝质般的效果。

没有使用中密度镜拍摄的效果　　　　　　使用中密度镜拍摄的效果

6. 色温滤镜

色温滤镜顾名思义最根本的作用就是改变色温，具体分为减少色温和增加色温两种。

减少色温的滤镜能加强暖色，使在阴雨天或者正午拍摄的照片蓝色调得到减少，人像肤色红润（如一些大型平面广告上的明星）。

增加色温的滤镜能够有效地减少早晨和黄昏散布的红、黄色调，加强蓝色调，而这类色温滤镜一般在型号的最后用A/B/C表示效果，其中A最弱C最强。

各种色温滤镜

没有使用色温滤镜拍摄的效果　　　　　　使用浅绿色温滤镜拍摄的效果

5.3.3　滤镜的尺寸和安装方法

当购买滤镜时，一定要注意购买尺寸合适且螺纹相符的滤镜。因为目前不同相机厂商生产出的相机镜头的滤镜直径都不相同。例如，潘太克斯标准镜头的直径是49mm，尼康(尼柯尔)标准镜头的直径为52mm，佳能标准镜头的直径则为55mm等。

不管是直接装在镜头前端的滤镜还是装在镜头筒附件上的滤镜，其尺寸必须和特定的镜头相匹配。变焦镜头往往需要用更大口径的滤镜。另外需要注意，切记不要混淆镜头直径的毫米数和焦距的毫米数，虽然它们的计量单位都是mm。例如，尼康相机所有的尼柯尔标准镜头，其直径为52mm，部分其他镜头的直径也是52mm，但是它们的焦距不同，有焦距为28mm的广角镜头，有焦距为50mm的标准镜头，有焦距为200mm的远摄镜头。

转接环

因此，购买滤镜时要弄清楚配套镜头的数据。如果有可能，最好带上相机去购买，确保滤镜和镜头的直径及螺纹相匹配。如果购买的滤镜规格不匹配，则可以从相机器材商店里购买一个转接环，将转接环的一头拧在镜头上，一头装在相机的滤镜上。

提示： 即使有合适的转接环能够将小直径的滤光镜和大直径的镜头连接在一起，也不要试图将小直径的滤光镜接在大直径的镜头上使用。因为滤光镜的直径相对镜头来说可能太小，无法进行拍摄。

购买到合适的滤镜后，即可将滤镜安装到相机上。

在安装前，建议把镜头的对焦模式设置为自动对焦，这样在旋紧滤镜的过程中，镜头不会跟着转动。

在安装时，将滤镜对准镜头上的安装槽，慢慢地旋进，向左边旋转。旋转的过程中会遇到阻力，如果滤镜和镜头间还有缝隙，请继续旋转，直至没有缝隙为止。

5.4　闪光灯的应用

闪光灯在摄影技术中发挥着重要的作用，闪光灯具有调整色温、提高亮度等作用。本节将详细讲解闪光灯在数码单反相机拍摄上的应用。

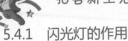

5.4.1 闪光灯的作用

闪光灯的英文学名为Flash Light。闪光灯也是加强曝光量的方式之一，尤其在昏暗的地方，打闪光灯有助于让景物更明亮。

在摄影技术发明的初期，太阳是唯一的光源，这使得摄影的应用受到极大的限制。随着相机镜头孔径的加大和胶卷性能的提高，以及光电技术的发展，各种人造光源在摄影中被广泛应用，其中给人们带来最大便利的就是闪光灯。下面简述一下闪光灯的几个主要作用。

1. 提高现场亮度

闪光灯的提高现场亮度的作用是我们应用闪光灯的主要目的。现在的袖珍相机和几乎所有的数码相机都有内藏式闪光灯，都可以设置为自动闪光，其目的就是让人可以拍摄到能看清的照片。

光线不足且没有使用闪光灯的拍摄效果　　光线不足但使用闪光灯的拍摄效果

2. 调整拍摄对象的反差

对于有经验的拍摄者来说，调整拍摄对象的反差是闪光灯的一个常见用法。最普通的例子就是拍日出时的留影，或者拍摄一人站在房间内的窗口以外面的风光为背景的照片。在室外拍摄逆光人像时，最理想的做法是用反光板调整人面部的反差，但受现场条件限制或懒得大动干戈时，也可以用闪光灯将人的背光面打亮。

逆光且不用闪光灯的拍摄效果　　　　　　　逆光且使用闪光灯的拍摄效果

3. 调整色温

数码单反相机的CCD感光元件对色温有严格的要求，有时室内灯光虽然比较亮，但是色温偏低，照片会产生偏色，于是就需要使用闪光灯来保证色彩不产生偏差。

室内灯光环境且不用闪光灯的拍摄效果　　　室内灯光环境且使用闪光灯的拍摄效果

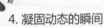
4. 凝固动态的瞬间

有时使用闪光灯是为了实现摄影者的主观目的。例如一张广告片，一枚樱桃落入一杯红酒，或者向杯中倒入红酒时，利用闪光灯就可以展现出晶莹透彻的酒珠滚动的美妙瞬间。

通过闪光灯拍摄倒红酒时动态瞬间的效果1　　通过闪光灯拍摄倒红酒时动态瞬间的效果2

5. 通过频闪记录一个完整的动作过程

比较高级的闪光灯，可以控制其在一定的时间段内多次闪光，这样就可以以一定的间隔拍摄一个动作的各个阶段，不但可以产生出人意料的艺术效果，对于科学研究也有非常重要的实际意义。

5.4.2　使用内置闪光灯

在黑暗的场所拍摄时，使用闪光灯可以拍摄到明亮的照片，还有助于防止相机抖动；直接朝向日光拍摄时，用户可使用闪光灯拍摄出背光被摄体的明亮影像。

闪光灯可分为内置式和独立式两种：前者与相机合为一体，不能拆下。大部分数码单反相机都安装有内置式闪光灯，其特点是可以与相机配合自动完成闪光曝光，携带方便，但功率较小，不适应较远距离的拍摄；后者指独立单体的电子闪光灯，使用时与相机连接，功率较大，功能较多，并能安装在各种相机上。

佳能相机内置闪光灯

尼康相机内置闪光灯

使用相机内置的闪光灯在操作上很简单，下面以SONY α550为例，说明使用内置闪光灯的操作步骤。

首先按下相机的Fn功能按钮，然后设置【闪光模式】，接着按下机身的闪光灯按钮，弹出闪光灯。此时相机屏幕上的闪光灯充电标识(通常是一个原点)在闪烁，表示闪光灯正在充电。当闪光灯充电标识被点亮后，闪光灯充好电，闪光灯准备就绪。

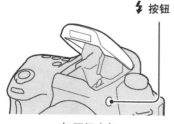

打开闪光灯

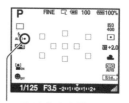

(闪光灯充电)指示

闪光灯充电后准备就绪

使用内置闪光灯时，可以通过应用以下技巧拍摄出更佳的效果。

(1)如果遮光罩可能会遮挡闪光灯的闪光时，使用闪光灯前，请取下遮光罩。

(2)使用闪光灯时，请拍摄1米处或更远处的被摄体。

(3)在室内拍摄或拍摄夜景时，用户可使用低速同步拍摄较亮的人物及背景影像。

(4)用户可使用后帘同步闪光拍摄移动被摄体拖尾的自然影像，例如移动的自行车或行走中的人。

另外需要注意，用户请勿通过抓住闪光灯发射器来握持相机。

5.4.3　使用独立式闪光灯

独立式的闪光灯有多种类型，例如小型电子闪光灯，这种闪光灯通常外接在相机的机身上。此外，还有充电式外拍灯、大型闪光灯、特殊闪光灯(如环行闪光灯、水下闪光灯)等。

充电式外拍灯　　　　　大型闪光灯　　　　　水下闪光灯

目前，数码单反相机常使用的是小型独立电子闪光灯，我们常称为外接小型闪光灯。这些电子闪光灯的优点是体积小、亮度高，色温与晴天阳光接近，约为5500k~5700K，在彩色胶卷上可产生准确的色彩还原。电子闪光灯的基本工作原理是通过振荡电路把低压直流电转换成中高频交流电，然后再经过变压器升压、整流，变成高压直流电，储存于充电电容，在氮气闪光管中瞬间放电，形成强烈的光照。闪光灯闪光达到二分之一峰值强度时至它衰变为同一值时的间隔时间，称为闪光灯的有效闪光持续时间，通常大约为1/20000秒~1/3000秒。

各种品牌的小型独立电子闪光灯

根据使用范围与照射距离的不同，安装小型闪光灯的方法有几种，首先就是最常见的机顶安装法，具体步骤如下。

(1)拧松或拨开闪光灯底部接触卡扣。

(2)左手抓相机右手抓闪光灯，扣住热靴向前推动。

(3)待闪光灯灯底接触点均就位后，拧紧或者拨紧闪光灯卡扣。

此时闪光灯完全安装到机顶之上，该方法适合单人拍摄时使用，摄影师可抓住相机来回走动来拍摄，拍摄自由度较大，无需助手帮忙。

将闪光灯安装到相机热靴的过程

提示： 首先，热靴是由英文"Hot Shoe"直接意译而来的，也有人叫燕尾槽。广义来讲，热靴是各种数码影像器材(包括数码单反、DV和传统数码相机)连接的各种外置附件的一个固定接口槽，可以连接的附件包括闪光灯、GPS定位器、摄像灯以及麦克风等。接口槽中置有提供这些临时性外接设备正常工作的电源接头和音频信号输入的接口，这些接口大多都设计

数码单反相机的热靴接口槽

成暗藏在槽中的形式，有些还有热靴盖，热靴表面都有两条平行的金属沟槽，是用来卡紧这些外接设备的紧固螺栓。

热靴大致可以分为单触点和多触点两种。单触点的闪光灯热靴只能控制"是否闪光"，而多触点的闪光灯热靴还能控制"如何闪光"。通常来说，第一次闪光是进行测光，然后根据返回的测光数据进行第二次闪光，以获得最佳的闪光效果。不过，如今的数码单反相机大多采用多触点的热靴，只有少数消费类数码单反相机采用了单触点的热靴。

除了将闪光灯安装在机顶外，还可以使用TTL延长线连接闪光灯。原厂或副厂生产的TTL延长线可用于延伸闪光灯与相机之间工作距离，做到离机30cm～70cm之间的距离。使用TTL延长线连接闪光灯的具体步骤如下。

(1)取出TTL延长线，找到闪光灯接头端。

(2)拧松或拨开闪光灯底部接触卡扣。

(3)向前推入闪光灯插座后锁定底部卡扣。

(4)TTL延长线相机端口推入到热靴当中，并锁定好卡扣。

延长线连接的方式适合在有助手或借助灯架支撑的情况下使用，虽说拉开闪光

灯和相机的连线距离后会让照射效果更加自然真实，但需要注意连线距离过短反而限制了拍摄的自由度。

原厂TTL延长线安装方法

　　如果是带有无线通讯功能的便携式闪光灯系统，那么安装的方法就稍有不同。与之前单灯使用不同之处在于：无线通讯功能的便携式闪光系统只要有足够多的无线感应器和闪光灯，就可以将整个闪光灯系统扩充到无限大。安装带有无线通讯功能的便携式闪光灯系统的步骤如下。

　　(1) 将一个无线触发器安装到相机热靴顶部，并锁好卡扣。

　　(2) 取出一个PT04无线触发接收器，将闪光灯推入顶端热靴口中并固定稳妥。

　　(3) 打开PT04电源开关，并按下相机无线触发器的TEST测试按钮确定安装成功。

在小型闪光灯上安装无线触发系统

5.4.4　闪光灯的闪光模式

闪光灯的闪光模式表示控制该闪光灯曝光的方式。一般的闪光灯都有下面几种模式：TTL闪光模式、自动闪光模式、手动闪光模式和防红眼模式，更高级的还有强制闪光同步模式、慢速闪光同步模式以及前/后帘同步闪光模式。

1. 自动闪光模式

通常数码单反相机在默认的设置下，闪光灯模式都预设在"自动闪光"模式下。此时，相机会自动判断拍摄场景的光线是否充足，如果光线不足，相机就会自动在拍摄时打开闪光灯进行闪光，以弥补光线。

在自动闪光模式下，如果在前后距离较大的场景中进行拍摄，就会出现前面的景物曝光正确，而后方的景物曝光不足的情况。

自动闪光模式下拍摄的台灯　　　　　　　自动闪光模式下拍摄的桌椅

2. TTL闪光模式

TTL是(Through The Lens)的缩写，可以翻译为"通过镜头的光"。这种测光实际上是在取景器见到的现场范围内确定闪光的输出量，失败几率极低。

在TTL闪光模式下，相机对通过镜头投射到感光元件的光线进行自动检测，并据此控制闪光灯的光量。

由于TTL模式是通过镜头测光的，检测精度相当高，因此，即使在镜头上加装了滤镜或者闪光灯不是直接对着拍摄主体，也不会影响曝光的准确度。

自动闪光模式下的拍摄效果

TTL闪光模式下的拍摄效果

提示： 各种闪光灯的TTL模式名称略有不同，例如尼康的是D-TTL与I-TTL模式；佳能的是E-TTL和E-TTL II模式。它们的差异主要在提高闪光灯曝光的准确性上，基本原理是一样的。

3. 手动闪光模式

手动闪光模式就是用户可以对闪光灯进行设置相关拍摄参数的模式。

4. 防红眼模式

防红眼英文学名为Redeye Reduction，在数码相机上的标志一般为一只眼睛。

"红眼"现象在拍摄人像照片(尤其是比较近的距离、环境较阴暗)时常会发生，这是由于眼睛视网膜反射闪光而引起的。如果不想让拍摄出来的人或动物的眼睛出现"红眼"，可以利用数码相机的防红眼模式(部分相机称为"消除红眼模式")先让闪光灯快速闪烁一次或数次，使人的瞳孔适应，再进行闪光与拍摄。

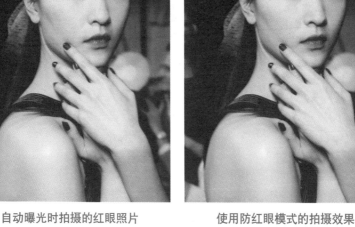

自动曝光时拍摄的红眼照片　　　　使用防红眼模式的拍摄效果

5. 强制闪光同步模式

强制闪光同步模式是不管在明亮还是弱光的环境中，都开启闪光灯进行闪光。通常用在对背对光源的人物进行拍摄，可以增强人物的亮度，但是容易造成噪点增加和曝光过度。

6. 慢速闪光同步模式

在光线昏暗的环境下拍照时，如果使用闪光灯加较高的快门速度进行拍摄，很容易造成前景主体太亮，甚至是白晃晃的一片，而背景却依旧灰暗，无法辨别细节。慢速闪光同步模式会延迟数码相机的快门释放速度，以闪光灯照明前景，配合慢速快门(如1/5秒)为弱光背景曝光。这样，就能够拍摄出前后景均得到和谐曝光的照片。

7. 前/后帘同步闪光模式

弱光的情况下，快门速度比较慢，而前/后帘同步闪光模式基本上不会提高快门速度。例如正常测光，最大光圈的时候，快门速度是1秒。

开启前帘同步闪光模式后，快门速度能提高到1/90秒，而前帘同步闪光模式在快门开启的同时闪光1/90秒，然后继续曝光到1秒或1/2秒。后帘同步闪光模式和前帘同步闪光模式相反，快门开启后，直到快门关闭的最后，才开始闪光。

前帘同步拍摄　　后帘同步拍摄

相机的前/后帘同步闪光模式设置　　前/后帘同步闪光模式的拍摄效果

5.4.5　闪光灯的使用技巧

闪光灯是一个非常实用的摄影工具，它的使用可以说既简单又复杂。在多数情况下，闪光灯使用全自动功能就可以得到满意的效果，但是要想得心应手、出神入化，还要进行一番艰苦的学习和实践。

1. 适当调整闪光灯照射角度

目前很多外接的闪光灯都可以调整照射角度，用户可以利用这个特点，通过合适的光线照射来获得最佳的拍摄效果。

1) 90度角直射

闪光灯水平摆放照射，就是90度角直射效果，其实也就是机身自带闪光灯再延伸高位后的结果。户外用长焦来拍摄距离在2米以外物品时可以使用，总体而言，90度角直射的闪光灯输出光比最好不要超过自然光比，否则就出现主体亮背景暗的效果，灯光照射痕迹明显。

由于直接将闪光打到人物或物体上，灯光效果生硬，拍摄出来的人物轮廓亦不够突出。此外，如果物体本身是浅色及光滑的，或者人物脸上有油，直接用闪光拍摄也可能出现严重的反光，影响照片美感。当主体和背景距离不远时，很容易在背景上形成强烈的黑影，并且使得背景较暗，从而影响整个画面的观赏性。直接闪光所造成的红眼也是不容忽视的。

2) 低角度直射

在水平灯头状态下，再打下一挡角度就成为低角度照射效果，通常此挡又被称为闪光灯的微距拍摄角度。45度角照射有效照射距离为0.5m~2m之间，不能使用大广角镜头，否则容易拍出光照不均匀的照片。

提示： 使用闪光灯时要注意相机与被摄对象之间的距离，特别是微距拍摄，更要懂得减光。关于微距拍摄减光的说明，下文会有详细介绍。

闪光灯90度角直射 | 闪光灯直射拍摄的效果

闪光灯低角度直射 | 闪光灯低角度直射拍摄的效果

3) 45度角与60度角反射

将灯头45度或60度向上，让闪光打到天花板上再反射到主体，这种反射式闪光避免了直射闪光使得画面比较平板的缺点，在主体下巴和鼻翼下投下一定的阴影，使其更有立体感。向上反射时可以根据灯头向上不同的角度打出不同的光影效果。

另外，这种闪光灯补光方式能减轻主体和背景之间出现浓重的投影，也避免了背景较暗的问题。但对于人物摄影来说，这样补光方式也容易在下巴和鼻子下面出现阴影，使身体下部较暗，这种情况使用反光板、柔光箱、柔光罩可以解决，或者调节拍摄者和被摄者之间的距离和改变闪光灯灯头的角度也可以改善这一现象。同时效果还取决于天花板的高度，高度越高，反光越弱。如果空间过高，我们可以将一反光板置于头顶进行反光。

提示： 因为闪光灯灯头可以左右上下转动，借助于环境中的其他物体作为反射面，利用反射光打到主体上进行拍摄的方式就是所谓的"跳灯"技巧。

另外，户外将闪光灯头调节到45度角、60度角同样能够补光，但不要忘记拉出闪光灯自带白色"延伸光面板"反射光线，不然就无法起到为主体补光的作用。

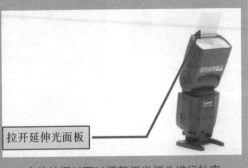

拉开延伸光面板

户外拍摄时可以调整闪光灯头进行补充

闪光灯45度角与60度角反射

通过闪光灯60度角反射拍摄的效果

4) 背向反射

完全将便携闪光灯灯头向后旋转90度，即是构成利用背面墙壁进行反射的理想柔光照射效果。这种方式有漫反射效果，能够让光线分布均匀，因此主体和背景都可以获得较均衡的光照，拍摄效果比较自然，但是适用范围比较小，适合家居拍摄时补光用。

　　不过要完全玩转室内墙壁反射光线技巧，引入无线闪光系统来提供充足的拍摄自由度很有必要，起码用户不需要为了某个拍摄角度，而又无法进行墙壁反光而苦恼上好一阵子。

闪光灯背向反射方式

使用闪光灯背向反射拍摄的效果

2. 微距拍摄要注意减光

　　微距拍摄要注意曝光的问题，因为距离太近会导致曝光过度，而距离太远会使得光线分布不均匀，导致曝光不足。

　　利用数码单反相机进行微距拍摄，由于距离被摄物很近，此时使用闪光灯很容易导致曝光过度，因此需要进行减光处理。

　　减光就是减少闪光灯的输出强度，用户可以在相机中进行调节，但这样还是不够的，光线依然很强。此时，用户可以用手遮住闪光灯，注意手指要靠紧，这在一定程度上可以减少光线的强度。另外，简单地利用餐巾纸这类柔软的纸张遮挡也能起到很好的效果，让光线变得柔和。

3. 主体与背景反差大时适当补光

　　并非只有在光线较暗的情况下才需要使用闪光灯，有时在光线充足的情况下，也必须使用闪光灯进行补光。例如，在进行逆光拍摄时，主体与背景的反差很大。如果顾及主体进行曝光，那么背景必然曝光过度，而正常还原了背景，主体又曝光不足，这种情况下就需要用闪光灯进行补光了。

　　补光不是直接打开闪光灯就可以了，还需要掌握一定的技巧。用户可以将相机设置成光圈优先模式，设定光圈的数值，利用点测光对背景进行测光，记下测得的快门值，然后切换到手动模式，光圈和快门设置成刚才所测得的光圈和快门值，再将闪光灯设置成强制闪光进行拍摄。这样就能兼顾主体和背景，照片的背景还原正常，主体也可以得到很好的表现。

4. 利用机外闪光技巧

把闪光灯从相机上取下来(如使用延长线安装闪光灯),使之离相机一臂之远或更远一些,这样能够改善闪光灯照明的效果。当闪光灯位于被摄者一侧的上方时,被摄者背面的投影将落在画面之外。这样的光线还能增强造型效果和立体感,从而在照片平面上更好地表现出物体的真实面貌。

在雨雪天气里拍照时,也要使闪光灯远离相机镜头的轴线,以避免雨点或雪花在直射光照射下对画面的破坏。用这样的方法闪光时,正确曝光所需要的光圈值可以直接用闪光指数除以闪光灯到被摄物的距离去求得。

5. 善用慢速闪光同步摄影

夜景摄影中,自然光线往往比较暗,现在的大多数相机使用自动模式拍摄时会将闪光灯开启。但这样拍摄的照片背景往往会暗淡得几乎是一片黑色,有时前景中的被摄物体还会过度曝光。

要解决这个问题,可以使用提供"慢速闪光同步模式"的闪光灯配合相机拍摄,以实现慢速闪光同步拍摄。使用慢速闪光同步实际上是以闪光灯照明前景,以自然光配合长时间快门照亮背景进行曝光。

利用闪光灯进行夜景慢速闪光同步摄影需要注意以下几点。

(1) 由于快门速度比较慢,拍摄时最好使用三脚架固定相机,避免手持相机的抖动。

(2) 闪光灯闪亮后,人必须再静待一会儿,等相机快门闭合的"咔嗒"声出现后再移动。

曝光不佳时拍摄的效果

慢速闪光同步拍摄的效果

5.5　本章小结

本章在前几章的基础上,通过讲解数码单反相机镜头、滤镜和闪光灯的应用,更深入地介绍利用数码单反相机配件拍摄出优质照片的方法和技巧。

第6章
摄影中的合理构图

摄影构图

从广义上讲，摄影的取景构图贯穿从现场拍摄到最终剪裁的全过程；狭义地说，摄影构图就是画面景物的取舍、布局和结构。

运用基本的构图方式拍摄

对于初学者来说在学习摄影构图时，要先从基础、实用的构图模式学起，以便在需要的时候更好、更快地拍出好照片。

运用其他构图方式拍摄

除了基本的构图方式外，用户还可以通过不同的构图，针对不同的被摄物和场景进行灵活拍摄。

良好的构图形式

出色的构图能使画面主次分明、详略得当，给人以美感。一幅照片，若不具备良好的构图形式，往往无法引人入胜，更不能尽情地表达内容。

6.1 摄影构图的概述

如何拍摄出好的照片呢？首先要学习的就是构图。有些构图方法是将被摄物摆放在特定的位置，而有些方法是靠改变相机的视角，只要相机的位置有微小的移动，就能在构图上产生强烈的变化。

6.1.1 什么是摄影构图

从广义上讲，摄影的取景构图贯穿从现场拍摄到最终剪裁的全过程；狭义地说，摄影构图就是画面景物的取舍、布局和结构。摄影构图是通过镜头视野的选择，把被摄的主体、陪体和环境组成一个整体，构成完美的画面，用以揭示主题。

取景构图的规律是从前人的经验中总结出来的，其中包括对绘画的借鉴。摄影的取景构图不同于绘画，它是以摄影的技术手段为依据，不能仅仅从其他艺术中"假借"或"移植"。用户应很好地掌握摄影"取景"构图的规律，但又不能把规律看成是一成不变的，反而被规律所约束。

优秀的拍摄离不开合理且有创意的构图1　　优秀的拍摄离不开合理且有创意的构图2

6.1.2 构图的基本原则

简单来说，摄影构图的原则有两条：一是突出主体，揭示主题思想；二是从主题思想出发，正确处理好主体、陪体和环境的关系。

换句话说，就是通过取景使照片的画面能有力地表达其思想内容和摄影者的观点，说明问题，吸引和感染观众。

主体是主题思想的体现者，只有突出了主体才能揭示主题思想。人类社会的主体是人，因此，如何表现人物是突出主体的关键所在。

突出主体的拍摄

主体和陪体、环境的关系是突出和烘托的关系，既主次分明，又相互关联。一切造型手段，诸如画面格式的确定，空间位置的安排，光线、影调的处理，拍摄点的选择，不同视角的运用等，都要从内容的需要出发，尽可能地构成完美的表现形式，使照片产生更大的表现力、感染力和说服力，这就是构图的目的。

突出环境的拍摄

6.1.3　构图的几个要点

在符合构图原则的情况下，摄影构图还需要注意以下几个要点。

1. 简洁

简洁是最基本也是最重要的构图要点。简洁就是简明扼要，与主题无关的、不必要的景物一律撇开，去芜存菁，突出主体，使主题鲜明。

简单来说，简洁就是想办法让照片主题具有最强的视觉吸引力。其中一个方法就是选择简单的背景，这样不会分散观众对主题的注意力。例如下面两个拍摄别墅的照片：左边照片景物过于杂乱；右边照片景物搭配简洁，突出别墅主体。

过多的景物不突出主体

构图简洁能突出主体

2. 完整

完整是指被拍摄的对象必须在画面中给观众以相对完整的视觉印象，特别是主体不能残缺不全，否则会影响主体和主题的表现。

需要强调的是，完整并非等于完全，也不同于完美。由于视觉的延伸作用，有时，不完全的景物同样会给观众一个完整的印象。

例如火车经过时拍摄车头一段画面，这样的照片虽然主体(火车)是不完全的，但给观众的视觉印象是完整的，如下图所示。

构图让观众产生一个完整的视觉印象

另外，完整还包括画面中人物的动作、表情和视线要和画面所表达的内容相协调，不协调就破坏了内容的完整性，还有环境的标题、文字和画面也必须统一，否则也同样会破坏画面内容的完整性。

缺失的文字影响了画面的完整性

完整的文字内容保持了画面的完整性

3. 节奏

画面的节奏主要是从场景的线条中产生，体现在画面的直线、曲线、斜线、弧线、上下弯曲线、左右转折的线，有些是明显的实线，有些是隐晦的虚线；有些是错综复杂，而矛盾统一，有些是简单纯洁，却活泼流动；有些强弱对比，有些刚健有力。这些线条在画面上都能有效地产生节奏感和连接性，特别是在风景摄影中，一定要注意运用景物的线条。

风景拍摄要多考虑景物的线条，掌握画面的节奏

4. 生动

生动的构图要点通常应用在人像拍摄时。在拍摄人物时，要抓住最能反映其性格特征、表情、动作的瞬间姿态。如果是拍摄某一事件，则必须抓住事件发展的高潮，要注意其典型性。在表现方法上要经常有创新意识，要有新的角度、新的手法，要把对象拍得富有立体感、空间感和质感，要有现场气氛。

抓拍人物表情、动作的瞬间姿态

抓拍事件发展高潮的状态

6.2　摄影构图的基本方式

　　在摄影构图中，摄影师不应该一味使用某种固定的构图模式，因为这样只会将摄影师的创意禁锢在一个框架里。但对于初学者来说，在学习摄影构图时，还是先从基础、实用的构图模式学起，以便在需要的时候更好、更快地拍出好照片。

6.2.1　平衡式构图

　　平衡式构图是最基本的构图方式，这种构图可以给人以满足的感觉，画面结构完美无缺，安排巧妙，对应而平衡。这种构图方式常用于月夜、水面、夜景、新闻等题材的照片拍摄。

平衡式构图的水平结构

平衡式构图的垂直结构

平衡式构图的横向照片　　　　　　　平衡式构图的竖向照片

6.2.2 对角式构图

对角式构图就是将主体安排在照片画面的对角线上，这样能有效地利用画面对角线的长度，同时也能使陪体与主体发生直接关系。

对角线的构图组成的画面，能够引导读者的视线沿着线条的指向运动，使画面增加运动感，使被摄景物产生活力，而且容易吸引人的视线，达到突出主体的效果。

采用对角线构图既可以用平视角度，如拍摄人物的侧面轮廓；也可以用俯视角度，如表现梯田、山间小路等；还可以用仰视角度，如拍摄苍劲的松柏、快捷的闪电等。

当拍摄对象不是倾斜的线条时，拍摄者可以将相机倾斜，使画面构图成为对角线形式，使被摄景物产生运动感和一定的高度。

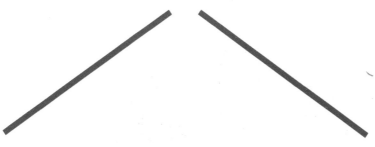

对角式构图的示意图

使用对角式构图的梯田摄影图　　　　　使用对角式构图的人物摄影图

6.2.3　对称式构图

　　对称是中国传统绘画中不可忽略的构图方法，它包括画面的左右对称、上下对称、色彩平均等。对称式构图可以使画面构成平稳、安宁、和谐、庄重，运用到摄影中也是如此。

　　对称式构图比较符合传统的审美，画面安定，视觉心理舒服，但也会造成画面的平淡和普通；不对称构图会产生不稳定感，让画面气氛紧张，或者重心偏移，使观者产生不安和急迫感。不对称构图，往往表现为左右力量不等，高低不等，色彩比值不等，以及面积大小不等。

对称式构图拍摄的照片　　　　　　　不对称构图拍摄的照片

6.2.4 井字式构图

井字式构图又称为九宫格式构图，这种构图方式是将被摄主体或重要景物放在"九宫格"交叉点的位置上，"井"字的四个交叉点就是主体的最佳位置。

一般认为，右上方的交叉点最为理想，其次为右下方的交叉点，但也不是一成不变的。井字式构图方式较为符合人们的视觉习惯，使主体自然地成为视觉中心，具有突出主体，并使画面趋向均衡的特点。

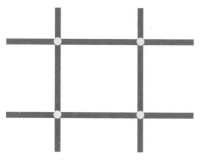

井字式构图的结构

井字式构图拍摄的照片

> **提示：** 九宫格式构图又被理解为黄金分割的一种构图方式。"黄金分割"是一种由古希腊人发明的几何学公式，遵循这一规则的构图形式被认为是"和谐"的。这一规则应用到摄影构图上也是非常有用的。多年来很多艺术家、学者都是根据这一伟大规则，创作了一幅幅优秀的艺术作品。
>
> 其实，黄金分割是造型艺术中的一种分割法则，亦称黄金分割率，简称黄金率。它的分割方法为，将某直线段分为两部分，使一部分的平方等于另一部分与全体之积，或使一部分对全体之比等于另一部分对这一部分之比。即：在直线段AB上以点C分割，使$(AC)^2 = CB \times AB$，或使$AC : AB = CB : AC$。

6.2.5 垂直式构图

垂直式构图是一种自上而下的构图方法，这种构图方式能充分显示景物的高大和深度，常用于表现森林的参天大树、险峻的山石、飞泻的瀑布、摩天大楼，以及竖直线形组成的其他画面。

另外，用这种构图方式来展示体育摄影中自上而下的运动项目也是非常合适的。例如，跳水运动，尤其是在双人跳的项目上，用垂直式构图展现运动员同时入水的一刹那，能够让画面极具美感。

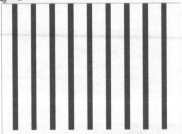

垂直式构图的结构

垂直式构图拍摄的照片

6.2.6　对分式构图

　　对分式构图是将画面左右或上下一分为二，形成左右呼应或上下呼应，表现的空间比较宽阔，其中画面的一半是主体，另一半是陪体，该构图方式常用于表现人物、运动、动物、建筑等题材。

水平对分构图的拍摄效果

垂直对分构图的拍摄效果

6.2.7　交叉式构图

　　交叉式构图充分利用画面空间，把欣赏者的视线引向交叉中心或引向画面以外。这种构图方式的基本思想是提供一条指引视线的引导线，较为理想的引导线是某两个边角之间的连线。

　　交叉式构图可以让读者从多个方向沿着交叉线欣赏整个画面，使画面具有活泼轻松、舒展含蓄的特点。

交叉构图拍摄效果 1

交叉构图拍摄效果 2

6.2.8 十字式构图

十字式构图是通过横竖两条线将整个画面分成四份，中心交叉点用来放置被摄主体，以这种方式所获取的照片能剩余较多的空间，使画面增加安全感、和平感、庄重感及神秘感。

十字式构图能使欣赏者的视线自然地向十字交叉部位集中，多用于拍摄稳定排列组合的物体，或者拍摄有规律的运动物体等。

十字式构图不易使横竖线等长，一般竖线较长而横线较短为好，交叉点也不易把两条线等分，特别是竖线，一般是上半截短些，下半截略长些为好，因为两线长短一样，而且以焦点等分，就给人以对称感，缺少了省略和动势，会减弱画面的表现力。

十字式构图的拍摄效果 1

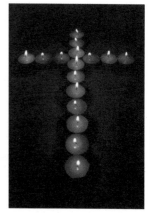

十字式构图的拍摄效果 2

6.3 摄影构图的其他方式

除了上述基本的构图方式外，摄影还可以有多种构图方式。通过不同的构图方式，用户可以针对不同的被摄物和场景进行灵活拍摄。

6.3.1 曲线型构图

曲线型构图方式也常称为S型构图，是指该构图画面上的景物呈S型曲线的构图形式，它具有延长、变化的特点，看上去有韵律感，产生优美、雅致、协调的感觉。当需要采用曲线形式表现被摄体时，应首先想到使用S型构图。它常用于河流、溪水、曲径、小路等题材的拍摄，也可用来表现众多的人物、动物、物体的曲线排列变化以及各种自然、人工所形成的形态。

S型实际上是平滑的曲线，而且是有规律的定型曲线，它优美而富有活力和韵味，因此该类型的构图具有优美和活力的特点，给人以美的享受，而且使画面显得生动活泼。

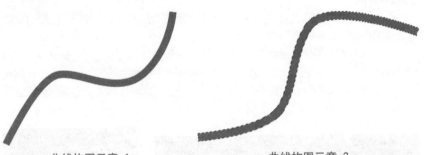

曲线构图示意 1　　　　　　　曲线构图示意 2

曲线构图拍摄效果 1

曲线构图拍摄效果 2

6.3.2 框架型构图

框架型构图是利用前景的物体框住被摄物，前景物体如树枝、拱门、装饰漂亮的栏杆等，这种构图方式可以使被摄物更加突出。

使用这种构图拍摄时，需要注意的是要尽量缩小景深，使主题突出，从而更能吸引目光。

框架型构图的示意图

框架型构图的拍摄效果

6.3.3 放射式构图

放射式构图是以主体为核心，景物向四周扩散放射的构图形式，可使人的注意力集中到被摄主体上，然后又有开阔、舒展、扩散的作用。

放射式构图常用于需要突出主体而场面又复杂的场合，也用于使人物或景物在较复杂的情况下产生特殊的效果等表现手法。

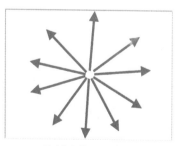

放射式构图示意图

放射式构图的拍摄效果

6.3.4 向心式构图

向心式构图就是将主体处于中心位置，而四周景物呈现朝中心集中的构图形式，它能将人的视线强烈地引向主体中心，并起到聚集的作用。

这种构图方式具有突出主体的鲜明特点，但有时也会产生压迫中心、局促沉重的感觉。

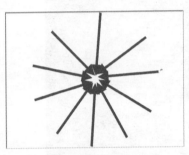

向心式构图示意图　　　　　　　　　向心式构图的拍摄效果

6.3.5 三角形构图

三角形构图是以三个视觉中心为景物的主要位置，有时也以三点成一面的布局安排景物的位置，形成一个稳定的三角形。

三角形构图可以是正三角形，也可以是斜三角形或倒三角形。正三角形构图给人以坚强、镇静的感觉；倒三角形构图具有明快、敞亮的感觉；斜三角形具有安定、均衡、灵活的特点，也是最常用的一种构图方式。

三角形构图具有向上的冲击力和强劲的视觉引导力，在构图时，使画面发生少许的倾斜，还可产生一定的动感效果。

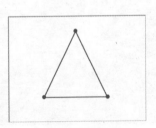

三角形构图示意图　　　　　　　　三角形构图的拍摄效果

6.3.6　变化式构图

变化式构图又称留白式构图，它将景物故意安排在某一角或某一边并留出大部分空白画面或类空白画面，画面中的空白是组织画面上的对象之间相互关系的纽带。

变化式构图的拍摄效果　1

变化式构图的拍摄效果　2

6.3.7　渐进视觉构图

渐进视觉构图主要用在道路等场景中，它利用逐渐过渡的方法，表现出更强的视觉效果。

渐进视觉构图的拍摄效果　1

渐进视觉构图的拍摄效果　2

6.4　新手摄影构图常犯的错误

出色的构图能使画面主次分明、详略得当，给人以美感。一幅照片，若不具备良好的构图形式，往往无法引人入胜，更不能尽情地表达内容。但对于初学摄影者来说，由于没有太多的拍摄和构图经验，往往会犯一些错误，导致拍摄出来的照片存在不少的缺陷。

6.4.1 构图失误

判断构图是否合理，照片画面的效果是一个重要的标准。很多新手在构图时，常常只注意如何拍摄到主体，而忽略了画面的和谐。下面将通过几个实例，分析新手因构图失误而造成画面不和谐的失误。

1. 画面过于充满

画面过于充满是指照片的画面充满被摄物主体，却没有突出主体，也没有做到主次分明的构图效果。

有些初学者拍照时喜欢让被摄主体充满画面，其实这不利于照片在后期制作过程中进行裁剪，同时也会令作品显得拘谨、死板。

构图画面充满"墙"这个主体，但并非微距拍摄，所以照片显得死板

构图画面完全显示"墙"这个主体，配搭其他陪衬景物，增加照片的生气

2. 画面出现分裂

取景时没有处理好地平线的位置，将其置于画面正中位置时，画面会被一分为二，呈分裂状。这种构图的效果缺乏和谐、统一之感，如下图所示。

但并非所有的地平线在画面正中的构图都不好，如果是被地平线分开的两部分主体具有渐变的视觉效果，这种构图也是很不错的选择。

画面出现分裂的拍摄效果

具有渐变视觉效果的地平线平分画面的拍摄效果

3. 画面失衡

画面失衡是指在构图时没有顾及到画面的影调结构、色彩结构的协调，从而造成画面色彩、影像失衡，影响照片效果。

4. 喧宾夺主

喧宾夺主是指在画面中过多地表现了陪体，使主体处于次要的地位，反而不引人瞩目。

照片中石狮有喧宾夺主的问题　　　　调整了拍摄角度，避免了喧宾夺主的问题

6.4.2　构图缺乏灵活

除了构图的失误外，初学者还因为经验不足构图缺乏灵活而无法拍摄出优秀的照片。

1. 画面过于死板

很多初学摄影者，刚开始都比较常采用规规矩矩的构图方式，这样的做法固然可以让拍摄的照片不会显得效果不佳，但却给人画面死板、不够创意的感觉。

摄影者采用对称式构图，照片画面安定，视觉心理舒服，但会显得过于平淡和普通，如下图所示。

为了让照片画面不会过于死板，可以使用黄金分割法则进行构图，让照片画面显得生动，而且舒展含蓄。

使用对称式构图拍摄港口的效果

使用黄金分割法则进行构图，拍摄的照片更加生动

2. 动作过于死板

动作过于死板这个问题常出现在人物摄影中，大部分初学者都只依照被拍摄的人摆动作拍摄，不懂得自己设计动作，这样拍出来的照片往往显得人物动作过于死板。

人像摄影是模特和摄影师共同完成的作品，一张精心策划的照片必然比呆板的拍摄更容易引起人们的关注。所以摄影者需要合理利用模特的各种动作来构建画面，例如奔跑、跳跃都是非常棒的主题。

摄影师通过设计的动作，让拍摄画面丰富而且精彩

6.5　本章小结

　　本章主要介绍了摄影中构图方法的运用，其中包括基本构图方法和其他不错的构图方法，例如平衡式构图、对角式构图、对称式构图、井字式构图、垂直式构图、十字式构图，以及曲线型构图、框架型构图、变化式构图、渐进视觉构图等。

第7章

摄影中的光与光的运用

光在摄影中的应用

光是摄影的根基，实现摄影的过程需要光，达到摄影的艺术本质也离不开光，摄影的艺术是光与影的艺术。

光的特性和色彩

人们能看到各种物体的颜色，都离不开光，可见有光才有色，没有光就没有色。物体的色是人的视觉器官受光刺激后在大脑中的一种反应。了解光的特性和光与色彩的关系是学习摄影的基本功课。

室外摄影用光

摄影离不开光线照明，而"室外日光"是既免费又好用的光源，所以掌握在室外摄影的用光技巧，对摄影具有很大的帮助。

室内摄影用光

在摄影构图中，要有光的造型意识，特别是在室内的摄影，更需要调动光的造型作用，充分发挥光在摄影艺术造型中的表现力。

7.1 光在摄影中的应用

摄影是应用光的艺术，光与影组合是摄影最基本的元素。用户学会了用光，摄影就事半功倍了。本节将介绍光在摄影中的应用。

7.1.1 光与摄影的概述

光在摄影中不仅用来照明被摄物体，还在传递被摄物体的信息方面起着桥梁和媒介的作用。例如被摄物体的形状、体积、数量、色彩、质感、空间深度感等信息，以及被摄物体影调的明暗配置、画面气氛、层次等诸多方面，都必须通过光线才能表现出来。

通过光的照射，被摄物可以表现出自己的各种属性的信息

想要成为一个成功的摄影者，不能单纯从表象观察光，而要在实际的摄影中去灵活运用光。例如在一个被摄物体中，应该思考使用不同采光的角度、照度、拍摄出不同的效果。因此，光是摄影的灵魂，完成摄影的过程需要光，表现摄影的艺术本质依靠光。正确地认识光线，摸透光线的变化规律，了解它所带来的艺术效果，才能在摄影创作中充分运用它。

灵活运用光拍摄的优秀作品1　　　　灵活运用光拍摄的优秀作品2

7.1.2 光在摄影中的表现力

专业的摄影师在不同的环境，针对不同的被摄物体运用光来造型，才能达到拍摄的艺术效果。摄影中被摄物体在画面中的表现要通过光线作为传播媒介，光线对摄影的造型表现、环境气氛的渲染、思想感情的表达，都有着极其重要的意义。

光是千变万化、复杂微妙的，不同强度、不同照射角度的光对摄影造型都会产生不同的效果。例如，太阳升至或降至15度时，这时是早晨或黄昏，其特点是太阳入射角度小，光对景物照射垂直面受光面积大，物体产生投影较长，受光面与阴影面反差大，光线强度小，较柔和。在这种光线条件下，可以采用逆光、侧逆光拍摄，容易获得明显的空气透视感，画面呈现气氛浓烈，富有诗意的造型效果。

晨曦逆光的拍摄效果　　　　　　　黄昏逆光的拍摄效果

提示：逆光在摄影造型中能表达空间深度及烘托环境气氛，表现空间透视的效果，有利于呈现物体的轮廓线条和表现物体的数量，在构思运用低调画面来表现物体造型艺术效果更佳。但需要注意，逆光拍摄时最好运用暗背景来烘托主体。当拍摄物体的特写或近景时，最好正面运用补光的办法，使物体正面的质感更好地表现，曝光则以正亮度为宜，使造型效果更好。

当太阳与地面的光照度成20度~60度之间的时候，这种光线的特点是入射角适中，光线方向性明确，亮度变化小，造型效果好，光影移动慢，色温适中，是摄影的黄金时间。此时拍摄景物画面清晰、影调明朗、层次丰富，有利于景物在造型上表现出立体感、空间感和质感。在这样的光线下拍摄，摄影者可以通过侧光的采光方式，选择不同方向的光线造型，使景物获得色调分明、层次丰富、线条刚劲、光线明快的效果。

接近正午光线下的拍摄效果

接近黄昏光线下的拍摄效果

当光照度成70度~90度之间的时候，这时是正午，光线垂直下照，物体顶部受光多，垂直面受光少，使景物照度明暗反差大，层次缺少，透视效果差，物体造型缺乏立体感。若摄影者从上而下拍摄被摄物，容易让被摄物体过度曝光；若摄影者从下而上拍摄被摄物体，则会容易出现被摄物曝光不足的问题，所以，在摄影造型效果上较少运用顶光。虽说少用，但并非就完全没有运用，有时在拍摄物体特殊效果时，也会用到顶光，例如拍摄反光性不强的物体的细节画面时。

正午光线下拍摄细节的作品 1

正午光线下拍摄细节的作品 2

提示: 侧光对摄影造型的表现力较强，能使物体受光面与明暗面表现明显，画面明暗配置和反差鲜明清晰，物体层次丰富，空气透视现象明显，有利于表现物体的空间深度感和立体感，是摄影造型效果比较理想的光源。但在运用时，要注意受光面与明暗面在画面造型中所占的比例。

7.2 光的特性和色彩的关系

光是摄影的根基，实现摄影的过程通过光，达到摄影的艺术本质离不开光，摄影的艺术是光与影的艺术。本节将为读者介绍光的特性以及光和色彩的关系。

7.2.1 直射光和散射光

根据太阳光线的照明特性，可以将一天分为几个阶段：黎明、早晨、上午、正午、下午、傍晚、黄昏。其中早晨、上午、正午、下午、傍晚时刻属于直射光照明；黎明和黄昏时刻属于散射光照明。

1. 直射光

对自然光来说，在晴朗的天气条件下，阳光直接照射到被摄物的受光面产生明亮的影调，非直接受光面则形成明显的投影，这种光线称为直射光。

直射光照射对象能产生明显的投影和明暗面(明：受光面；暗：阴影面)，而且直射光照射对象明暗对比强烈，能表现起伏不平的质地。

在直射光照射下，物体产生明暗面和投影

直射光下，由于受光面与阴影面之间有一定的明暗反差，比较容易表现出被摄物的立体形态，而且光线的造型效果比较硬，所以也有人把它叫做硬光。

在使用直射光拍摄人像时，可以选择在白云遮日的天气，因为白云能扩散一部分阳光，使直射光的照明反差降低，适于拍摄人像。

云层遮挡太阳后，直射光减弱，适合大部分拍摄

如果没有云层遮盖着强烈的太阳光，则可以把被摄物移到阴影当中。如果被摄物容易移动的话，这个方法无疑是最简单有效的。

在直射光下拍摄，人像产生明显的投影

在阴影下拍摄，可以减少明暗反差

2. 散射光

阴天的时候，阳光被天空中的云彩遮挡，不能直接投向被摄物，被摄物依靠天空反射的散射光线照明，这样就不会形成明显的受光面和阴影面，也没有明显的投影，光线效果比较平淡柔和，这种光线叫做散射光，也叫软光。

如果是人工光，而且光源上没有聚光设备，或者灯具上附加了能使光线散射的装置(如散光屏、柔光纸、反光伞等)，发出的光线则具有散射性质，也属于散射光。

黎明和黄昏时刻的光线属于散射光，这种光线没有强烈的明暗反差，容易控制曝光

　　散射光的特点是光线软，受光面和背光面过渡柔和，没有明显的投影，因此对被摄物的形体、轮廓、起伏表现不够鲜明。这种光线可以减弱被摄对象粗糙不平的质感，使其柔化，所以一般适合用于拍摄女性、老人和小孩的肖像。

散射光性质比较柔和，反差较小，适合拍摄小孩和老人的肖像，让人物产生柔化效果

提示： 光线的选择对呈现对象的形状、体积、质地、轮廓等外部特征具有重要意义。在自然光照明的条件下，只有散射光照明或只有单一的直射光照明的情况是极少见的，大都是混合光照明。

7.2.2 光的强度和反差

光的强度和反差，是拍摄用光必须考虑的因素。

1. 光的强度

光投射到被摄物体后，被摄物呈现出的亮度称为光的强度。摄影师通常在光线充足时进行创作，此时光的强度比较高，物体显得更加明亮，其上的细节、纹路以及形态都更加明显。

光线足够时拍摄物体会比较容易表现其细节、纹路和形态

反之，光线强度较低时，拍摄的效果往往更加低沉，这时需要摄影者有一定的用光经验，如果光运用得当，就可以避免采用提高感光度等影响画质的技术手段，也可以营造出特殊的意境，获得成功的作品。

光线强度较低时拍摄，通过光的运用，可以营造特殊的意境

提示： 对于摄像的照明，强光源常常要作为主光来使用，是拍摄照明的主要来源；而弱光源要作为辅助光来使用，它可以减弱主光所造成的强烈阴影，同时不至于使物体投射出多余的影子。

2. 光的反差

光的反差又称光比，是指画面中的亮度差异，这种差异是由光线的照射范围决定的。光比的大小，由画面中亮部和阴影之间的亮度比例决定。

在散射光条件下，光线的照射范围比较均匀，画面的光比也较小；在直射光条件下，画面中被摄物体的受光情况各不相同，获得光线直接照射的画面元素和处于阴影中的画面元素之间呈现很大的亮度反差。

受光面亮度高

阴影面亮度低

在直射强光照射下，画面元素之间呈现很大的亮度反差

被拍摄物均匀受光

在散射光照射下，光线的照射范围比较均匀，亮度反差比较小

存在一定光比的照片，在视觉效果上能呈现出立体的轮廓，往往给人留下更深的印象，也更容易被欣赏者所接受。但是摄影中的光比并非越大越好，过大的光比会给曝光带来困难，由于数码单反相机的曝光宽容度有限，摄影者必须在明暗细节上做出选择。同时，曝光时光比的控制也决定了拍摄照片的细节层次和摄影者对画面主要元素的选择和表现倾向。

7.2.3　光照度与摄影的关系

光照度就是被摄物表面的单位面积上受到的光通量，通常以勒克司度(lux)表示。光照度是衡量拍摄环境的一个重要指标。

夏天中午阳光最强的时候，室外光照度可达到100 000 lux以上，很容易形成明显的阴影，这并不一定是一个很理想的拍摄环境。而大多数室内照度都在300 lux以下，一般的摄影都可以在这种光照度下完成。不过，光照度越低，拍出带有灰色或噪点照片的可能性也越大。较理想的拍摄条件是光照度在10 000 lux左右，在这样的环境下拍摄，很容易得到清晰亮丽的影像。

照片上带有明显噪点

在照度低的光线下拍摄，照片很容易出现噪点

光照度不但同光源的发光强度有关，和光源到被摄物的距离也有关。一般情况下，当被摄物到光源的距离不变时，被摄物的光照度与光源的发光强度成正比；相反，当光源的发光强度不变，但与被摄物之间距离发生变化时，被摄物上的光照度大致与距离的平方成反比。

提示: 当一个光源照射于前后两个主体上时，光源越近，那么这两个主体获得的光照度差异越大；光源越远，这两个主体受到的光照度越接近。

光源离被摄物远时，光照度偏低   光源离被摄物近时，光照度偏高

7.2.4 光线与色彩的关系

人们能看到各种物体的颜色，都离不开光，在伸手不见五指的黑暗场所，人就什么颜色也看不出，可见有光才有色，没有光就没有色。物体的色是人的视觉器官受光刺激后在大脑中的一种反映。

提示： 英国科学家牛顿曾经做过这样的一个试验：将一束太阳光引入暗室，并使其通过三棱透镜折射到白板上，结果发现阳光经过折射分离出七种不同颜色的光线，这七种不同的颜色分别是红、橙、黄、绿、青、蓝、紫，于是他就将这七种单色光称为光谱。

1. 光源的颜色

光源的颜色取决于发出光线的光谱成分，即光的波长情况。

通常的白光，如太阳光，是由400nm~700nm之间的不同波长的连续光波混合而成的(nm为纳米的缩写)。如果把其中不同波长的光线分离出来，便能看到白光包含了不同颜色的色光。让一束白光通到一块三棱镜，人就能看到从三棱镜另一侧折射出的已不是一束白光，而是从红到紫逐渐转化的红、橙、黄、绿、青、蓝、紫七色光。这是由于三棱镜把白光中的各种波长的色光分解折射的缘故。所以，光源发出光线的光谱成分如果发生变化，就呈现出各种有色光源，如红灯、绿灯、蓝灯等，就是因为光源仅仅发出红色光、绿色光、蓝色光的波长。

2. 光源的光谱对物体颜色的影响

白光照射到有色物体上，其反射或透射的光线与入射的光线相比，不仅亮度有所减弱，光谱成分也发生了改变，因而呈现出各种不同的颜色。

当光源为有色光而不是白光时，物体呈现的颜色有以下两种规律。

(1) 有色光照射到消色物体上时，物体反射光颜色也与入射光颜色相同。当两种以上的有色光同时照射到消色物体上时，物体颜色呈加色法效应，如红光和绿光同时照射到白色物体上，该物体就呈黄色。

(2) 有色光照射到有色物体上时，物体的颜色呈减色法效应，如黄色物体在品红光照射下呈现红色，在青色光照射下呈现绿色，在蓝色光照射下呈现灰色或黑色。

光源的光谱成分发生变化会影响物体给人对物体颜色的感受，这在彩色摄影中有着重要的应用。

提示： 消色物体指黑、白、灰色物体，它们对照明光线具有非选择性吸收的特性，即光线照射到消色物体上时，被吸收的入射光中的各种波长的色光是等量的；被反射或透射的光线，其光谱成分也与入射光的光谱成分相同。

有色物体对照明光线具有选择吸收的特性，即光线照射到有色物体上时，入射光中被吸收的各种波长的色光是不等量的，有的被多吸收，有的被少吸收。

3. 光源的色温对摄影的影响

物体颜色的深浅取决于照射到它表面上光线的特征。一天之中，太阳光随着时间的推移会产生不同的色温。例如日出或日落时刻，天空和大地都呈现一层金黄色，这是因为此时太阳光的色温比较低，光谱中含的长波比较多的缘故。

由此可见，光源的色温影响着物体的颜色，同时也影响着摄影的效果。例如，在色温低的光线下拍摄，画面呈暖调，偏红、黄、橙等色彩；在色温高的环境下拍摄，画面呈冷调，偏蓝、绿、紫等色彩。

提示： 色彩的基调是指画面色彩的基本色调，通常把彩色画面的基调分为三种，即冷调、暖调和中间调。其中红、黄、橙为暖色调；蓝、绿、紫为冷色调。

在色温低的光线下拍摄，画面呈暖调

在色温高的光线下拍摄，画面呈冷调

7.3 光在室外摄影中的运用

摄影离不开光线照明，而"室外日光"是既免费又好用的光源。本节将带领大家来到室外，详细介绍在户外如何寻找合适的光源。

7.3.1 寻找合适的光源

光是摄影的根基，实现摄影的过程需要光，达到摄影的艺术本质也离不开光，摄影的艺术是光与影的艺术。当在室外摄影时，寻找合适的光源是非常重要的。

1. 正午的强光

当太阳在最高点的时候，光线是最白最亮的，对比相当强烈，影子也很黑。事实上这都是感官上对比强烈的结果，如果细看还是可以在图片中看到一些细节的(只有形成强烈的对比情况下才可以产生这种效果)。

强光照出的颜色与一天其他时段相比饱和度较差，强烈对比的灯光效果很难创造出吸引人的图片。小影子和强光是特别的显示形势，低饱和度也是一个很大的缺点，很多摄影者都会避免使用正午强光。但是，强光并非就不可用，用它来拍摄大多数对抗传统的事物也可以造就不寻常的和有创造力的效果。只要强光利用合适，一样可以拍摄出出色的照片。

强光的光源照射方式　　　　　　　　　强光下的拍摄效果

2. 阴天的柔光

别以为户外拍摄没有阳光就无法进行，其实阴天才是拍摄人物、景色或商品的最佳时机。原因很简单，厚厚的云层将强烈光质都均一柔化，既然没有了强烈光线的对比，也就为数码相机创造了良好的拍摄环境。

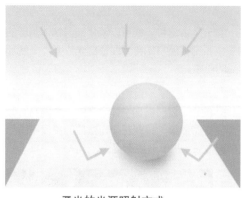

柔光的光源照射方式

柔光下的商品拍摄效果

3. 光照投影的光线

面对老天曝晒不给脸色，而自己手头又苦于没有工具创造良好的环境光线拍摄的困难，这里还有一招临时应对的办法，就是尽量寻找能够透光的树荫，利用树叶半遮挡特性，完成拍摄。有时候公园中凉亭、走廊过道也具有类似功效，多留意自己身边有哪些可利用的景物。

树荫下拍摄实物

拍摄投影风景效果也不错

7.3.2 掌握光线的方向

摄影创作中的用光是千变万化、灵活多样的，但是它本质是不能忽视的。不仅不同类型的光可以影响拍摄效果，不同方向的光同样也可以影响拍摄效果，因此光的方向也是摄影过程中需要注意和加以利用的。

1. 顶光

在被摄物顶端的光，摄影上称为"顶光"。这种光线可以淡化被摄物体阴影的效果。在摄影时，顶光应该以柔和为主，否则被摄物体会出现顶部光线强烈，底部光线照射不均匀的问题，影响摄影作品的美感。

2. 左侧光

左侧光是指光源从左侧照射被摄物体的光，此时被摄物体会产生一个向右方倾斜的阴影，同时还有左边亮右边暗的渐变光影效果。根据左侧光摆放的高度不同，阴影也在不断地变化着。例如摆高时阴影很短，摆低时阴影变长。

顶光的光照方式

顶光照射拍摄荷花的效果

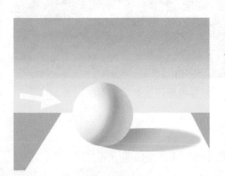

左侧光的光照方式

利用左侧光拍摄酒瓶的效果

3. 右侧光

右侧光是指光源从右侧照射被摄物的光，此时被摄物就产生一个向左倾斜的阴影，效果与左侧光完全相反。如果不希望见到物体有阴影，那么左右同时使用相同光比交叉打光，就完全将所有的阴影都淡化掉。这种组合打光的方法，经常在户外广告拍摄中使用。

4. 前置光

前置光是指光源是直接位于拍摄者视点的后面并在被摄物之前的光。前置光对显现形态或肌理的帮助很小，因为阴影基本上都在视线中隐掉了，它能使物体看起来平面化。然而正是因为这个原因，柔和弥散的前置光在一些主题下也可以让人非常喜欢，因为它能够帮助隐蔽掉皱纹和瑕疵，因此在人像和产品摄影中经常被用到。

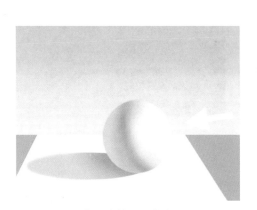 

右侧光的光照方式　　　　　　　　利用右侧光拍摄美女的效果

前置光的光照方式　　　　　　　　利用前置光拍摄紫叶李的效果

5. 后置光

后置光就是指光源在被摄物后面的光，物体被照亮的一侧背向我们并呈现出剪影或散射光带来的暗照明。后置光照射经常是一个高反差的情况，看上去非常有氛围和艺术性。如果光源相对于我们看物体的视线有一个微小的角度，就会显示出他们的一个或多个边缘的光边，后置光越强这个边缘就越显著。

后置光照明的场景常含有很多阴影，除非光源非常柔和。大多数时候的图像会是一个显著的暗上有一堆很艺术的光亮，这种情形下出现的边缘亮光对于在影子上体现形态非常有用。这种光照类型的另一个特征是它显现出透明、半透明和沿亮光边缘的微妙细节。这种光照类型给一幅作品带来艺术性是非常有效的。

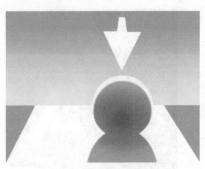

后置光的光照方式

利用后置光拍摄树叶的效果

6. 底光

底光是指光源从被摄物下方照射被摄物的光。底光很少应用，但并非没有出现底光的状态。例如，在自然的情景下如果某个人站在知篝火上方，或者拿着火把的时候，这可能会发生底光照射的状态。

底光照射能给最熟悉的东西带来一种奇怪的外表，因为通常时候看到的明和暗会被颠倒。正因如此，很多摄影者会使用这种光照方式来拍摄罕见的效果。

底光的光照方式

利用底光拍摄人物的效果

7.4 光在室内摄影中的运用

摄影创作中的用光是千变万化、灵活多样的，但是它的本能是不能忽视的。没有光就不能获得影调，也就不能形成摄影艺术形象，所以，在摄影构思中，要有光的造型意识，特别是在室内的摄影，更加需要调动光的造型作用，充分发挥光在摄影艺术造型上的表现力。

7.4.1 各种室内光线的应用

室内光线与室外光线的属性有很大的不同，主要是因为在室内的直接阳光不足。虽然如此，室内却可以有各种类型的人工光源，例如家居灯光、火光、烛光等。

室内的阳光总是散射的，因为它在墙、地板和天花板之间漫反射。另外，大多数室内人工光源是发散的，这就是应用灯罩的目的，为了柔化它产生的光和影子(除聚光灯外，聚光灯能产生强烈的光照)。

1. 窗户光

窗户光是我们最常在室内看到的自然光。窗户光是吸引人的，而且非常适用于摄影。如果那里只有一扇窗户，对比就相对较高；反之，有多个窗户

窗户光照效果

的柔和光源，因为有更多的补充光，对比会较低。

如果是阴天，最初的光会是白色、灰色或蓝色的。在阳光充足的情况下它会是蓝色的天空光与白色、黄色或红色的太阳光(取决于一天中的时刻)。一旦光穿过窗户，就会被房间里物体表面反射的颜色所影响。当光经过反射后，墙、地板和家具的颜色都会影响到光。

室内利用窗户光的拍摄效果1

室内利用窗外光的拍摄效果2

2. 钨丝灯光

钨丝灯照明的颜色是强烈的黄色和橙色。通常在一个钨丝灯照亮的室内拍照，获得的照片偏暖调，所以摄影师会在这样的环境下设置白平衡来调整光线的拍摄效果。

多个灯进行照明时，会产生贯穿房间的不均匀且有趣的照明，并会投射多重阴影，常有着不同程度的硬度或柔度。在这种光线下拍摄，需要摄影者更加注意光照的影响和相机设置的调整。

钨丝灯光照效果

提示： 在普通家庭的室内，大部分光会因灯罩的使用而弥散，使得光源的有效尺寸更大并柔化了光。

室内钨丝灯光线下的拍摄效果　　　多灯照明下的拍摄呈现多重阴影

3. 荧光灯光

荧光灯的色温通常是微绿的，这种照明一般在办公室、车站、公共建筑和任何需要被便宜、方便地照亮的地方应用。

荧光灯经常被用来照亮相当大的区域，使用很多单个的灯，意味着那里会有复合重叠的影子和多重长方形的高亮区域。

在这种光线下拍摄，可以通过相机白平衡功能来调整色彩，但在某些情况下，可以保留荧光灯的光照颜色，以获得一种特殊色调的拍摄效果。

荧光灯光照效果

拍摄使用荧光灯照明的停车场的效果

调整白平衡拍摄停车场的效果

4. 火光和烛光

来自火焰的光比来自灯泡里的白炽光更红，因为火焰产生的光色温很低，以至于我们的大脑不能够补偿它，而把它感知为橙色或红色。

对于利用这一类光源进行拍摄时，需要考虑它们常被放置在低于白炽灯的位置，如火通常是在地面高度，蜡烛被放置在桌子上或家具上，而灯泡经常是从上方照明。因此，火光和烛光的光照方向会对事物产生明显的影响，从表面到影子和高亮的位置。另外，需要注意的是，这种光源常常是动态的，如来自火的光和烛光的摇曳。面对这些动态的光源，拍摄时更加需要掌握适当的时机。

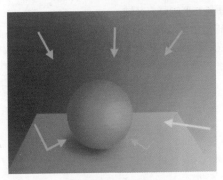

火光和烛光的光照效果

拍摄烛光的效果

拍摄火光的效果

5. 影室灯照明

影室灯照明常应用于影室拍摄中。影室灯的光因应用不同的光源设备而不同，但基本上都是以白光的方式呈现。

因为用影室灯照明可以进行各种布光，所以光是比较容易控制的，容易获得最佳的拍摄效果，因此专业的商品广告照、人像摄影都常在影室下完成拍摄。

影室拍摄可以获得良好的光线效果

通过影室灯照明，能获得良好的曝光

7.4.2 认识影室灯和控光工具

进入设备齐全的摄影棚之后，有很多设备可供选择，如何选择一种影室灯进行快速的商品拍摄自然成为最迫切解决的问题。下面将会使用各种影室灯加控光工具组合，对同一件商品进行拍摄，比较产生的不同效果。

1. 柔光箱

柔光箱是最常用到的控光设备，它可以形成柔和光线，使拍摄效果更真实。

使用柔光箱可以让被摄物的色彩更逼真，且光质柔软，可以均匀地照亮物体前方。换到后方看时，主体会有轻微阴影出现，这是没有加上里衬的普通柔光箱照明效果，如果往箱体中再多加几层柔光布，柔化效果更加明显。

柔光箱

利用柔光箱拍摄物体

2. 雷达罩

雷达罩有好几个附件，拍摄光效也各不相同，下面仅以最普遍的中心反光碟为主要测试对象。

距离被摄物放得远时，雷达罩照射效果接近柔光箱，光质方面则稍微偏向硬朗化。对于个别表面光滑易反射的物体，会留下浅浅的光斑。

影室灯加上雷达罩之后，光源由直射变成反射方式，可淡化被摄物周边阴影，中心反光碟能够阻挡高光在被摄物体上留下的强烈光斑。和柔光箱相比，这种控光设备体积不大，安装利落使用方便，但没有柔光箱光质平缓，罩体硬朗不能折叠携带。

多用途拍摄是众多摄影师喜爱运用雷达罩进行商业拍摄的主要原因，加上蜂巢附件后马上变成一款大型蜂巢反光罩，可应用在高档皮质服装广告中。如果拆掉中心反光碟，雷达罩可以成为盘型束光工具，可用作定向补光。下图所示是雷达罩加上和去掉中心反光碟的对比效果图。

雷达罩使用中心反光碟的效果

雷达罩去掉中心反光碟的效果

3. 标准罩

标准罩的照明效果就像手电筒原理，只能实现一定距离内的聚光效果，由于不太能对射出的光线加以控制，光感既强烈又粗糙。

但是，标准罩在营造背光气氛或者搭配大型柔光屏来使用时效果却不俗，这也是它在复杂布光系统中经常担任的小角色。

标准罩

使用标准罩拍摄容易过度曝光

4. 蜂巢

蜂巢分为大蜂巢和小蜂巢两种，大蜂巢只有雷达罩才能加装，而小蜂巢则利用挡光板前面三个卡口来固定。

这种控光部件的作用是整合光线方向，对于被摄物体来说很有指向性，但不能距离被摄物体太远工作，照射范围内与照射范围外明暗反差会变得十分明显，阴影也较为浓重。

蜂巢摄影灯

在蜂巢灯照射下物体呈现强烈的反差

5. 挡光板

挡光板不能单独安装到影室灯上使用，它属于标准罩附带的套件之一，需要同时安装到灯头位置上。

挡光板正面有四片黑色叶片，可用于收窄或者放开灯头照射光线的范围。挡光板照射出来光质倾向于硬朗风格，全开挡板时就没有任何控光效果。

如果是向哪个方向打下黑色挡片，则会遮挡住照射向该方向的灯光。收窄挡光板照射范围之后，就得到照射不均匀和硬朗风格的照片。

挡光板可以收窄照射到某个方向的光线　　添加挡光板拍摄的效果

6. 束光筒

束光筒是控光工具中最具有指向性的工具，其实不过是一个加长缩小版蜂巢，只不过无论是光线指向距离还是聚光精确度，束光筒都明显占有优势。

束光筒

使用束光筒拍摄瓶子的效果

7. 聚光筒

聚光筒可以把光线聚集成一个光束，投向更远的地方。不过这类设备因为采用了聚光镜，容易在边缘形成色散，一般不宜用在摄影上，更多地用在舞台上做追光灯。

聚光筒

聚光筒的光照效果

7.4.3　影室布光的步骤与规律

影室灯光不像自然光，摄影师完全可以根据主观构思和表现的需要，运用娴熟的布光技巧，去营造出奇妙的光影效果。

1. 关于光型

光型就是指各种光线在拍摄时对被摄物起到的作用。光型通常分为主光、辅光、轮廓光、装饰光和背光五种。

* 主光：主光是被摄物的主要照明光线，它对物体的形态、轮廓和质感的表现起主导作用。拍摄时，一旦确定了主光，画面的基础照明及基调就得以确定。

> **提示：** 需要注意，对一个被摄物体来说，主光只能有一个。如果同时使用多个主光，那么被摄物体就会受光均等，分不出什么是主光，画面显得平淡；或者产生多个阴影，画面显得杂乱。

* 辅光：辅光的主要作用是提高主光所产生阴影部位的亮度，使阴暗部位也呈现出一定的质感和层次，同时减小影像反差。在辅光的运用上，辅光的强度应小于主光的强度，否则，就会造成喧宾夺主的效果，并且容易在被摄物体上出现明显的辅光投影。
* 轮廓光：轮廓光是用来勾画被摄物体轮廓的光线。轮廓光赋予被摄物体立

体感和空间感。逆光和侧逆光常用作轮廓光，轮廓光的强度往往高于主光的强度。

● 装饰光：装饰光主要用来对被摄物体局部进行装饰或显示被摄物体局部的层次。装饰光多为窄光，如人像摄影中的眼神光、发光以及商品摄影中首饰的耀斑等都是典型的装饰光。

● 背光：背光是照射背景的光线，它的主要作用是衬托被摄物体、渲染环境和气氛。自然光和人造光都可用作背光，背光的用光一般宽而软，并且光照均匀，在背光的运用上，特别注意不要破坏整个画面的影调协调和主体造型。

2. 影室布光的步骤

由于影室布光具有较大的主观随意性，它从一方面来说，可使摄影师将布光的效果发挥到极致，而从另一方面来说，却增加了布光的难度。为了提高布光的效果和速度，布光时一般要遵循以下步骤和规律。

1) 布置主光

主光是主导光源，它决定着画面的主调。在布光过程中，只有确定了主光，才有意义去添加辅助光、背光和轮廓光等。在确定主光的过程中，要根据被摄物的造型特征、质感表现、明暗分配和主体与背景的分离等情况来综合考虑主光光源的光性、强度、涵盖面以及到被摄物体的距离。

对于大多数的拍摄题材，一般都选择光性较柔的灯，如反光伞、柔光灯和雾灯等作为主光。直射的泛光灯和聚光灯较少作为主光，除非画面需要由它们带来强烈的反差效果。

主光通常要高于被摄物，因为，使人感到最舒适自然的照明通常是模拟自然光的光效。主光过低，会使被摄物形成反常态的底光照明，而主光过高又会形成顶光，使被摄物的侧面与顶面反差偏大。

布置主光

2) 布置辅助光

主光的照射会使被摄物产生阴影，除非摄影画面需要强烈的反差，一般来说，为了改善阴影面的层次与影调，在布光时要加置辅光。

辅光一般多用柔光，它的光位通常在主光的相反一侧。布置辅光时要注意控制好光比，恰当的光比通常在1：3～1：6之间，对浅淡的被摄物体来说光比应小

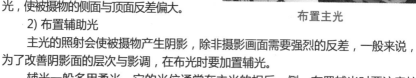

些，而对深重的物体，光比则要大些。

在布置辅光时还应注意避免辅光过于强烈，辅光过强容易造成夹光，并产生多余而别扭的阴影。为了控制多余的阴影，布光时除了使辅助光强度弱于主光外，有时还采取适当降低光位或将辅助光尽量靠近机位的方法使投影投向被摄物后方。

3) 布置背光

背景的主要作用是烘托主体或渲染气氛，因此，在对背光进行处理时，既要讲究对比，又要注意和谐。

拍摄细小的物体时，往往因主体与背景距离很近，难以对背景单独布光，此时主光兼作背光。在主体与背景比的具体控制中，可通过选择合适的灯距、方位和照明范围来控制，或用各种半透明的漫射体或不透明的遮光物在主光与背景轴线上的适当部位进行遮挡，以得到适当的亮度。

当被摄物体较大，且被摄物与背景有足够的距离时，可对背景单独布光。背光一般不会干扰主体的布光，并且容易控制背光的覆盖面、亮度和匀度。背景亮度过强，所产生的漫射光不仅很容易使镜头产生眩光，而且会影响被摄物的光效。

布置辅助光

布置背光

4) 加置轮廓光

轮廓光的主要作用是给被摄物产生鲜明光亮的轮廓，从而使被摄物与背景分离出来。轮廓光通常从背景后上方或侧上方逆光投射，光位一般只有一个，但有时根据需要可用两个或多个。

轮廓光通常采用聚光灯，它的光性强而硬，常会在画面上产生浓重的投影。因此，在轮廓光布光时一定要减弱或消除这些投影。对这些投影的消除或减弱，除了调节灯位外，有时巧妙地借助反光器作轮廓光投射会起到意想不到的效果。在轮廓光布光时还应注意轮廓光与主光的光比，通常轮廓光是亮于主光的。

加置轮廓光

加置轮廓光可使被摄物产生鲜明光亮的轮廓

5) 加置装饰光

装饰光主要是对被摄物的某些局部或细节进行装饰，它是局部的、小范围的用光。装饰光与辅助光的不同之处在于它不以提高暗部亮度为目的，而是弥补主光、辅助光、背光和轮廓光等在塑造形象上的不足。

眼神光、发光以及被摄物明部的重点投射光、边缘的局部加光等都是典型的装饰光。装饰光的布光一般不宜过强过硬，过强过硬的光容易产生光斑而破坏布光的整体完美性。

6) 检查光效

在以上布光的过程中，由于光是一种种进行添加的，后一种光很可能会对以前的光效产生影响。因此，在布光完毕后，还需仔细检查整体的光效，如布光有无明显欠缺或不合理的地方，投影的浓淡是否合乎要求，投影的位置是否合适，各光源的照明是否出现干扰，光源有否进入取景画面而造成光晕等，对这些细节的检查，可以避免因一时疏忽而造成拍摄的前功尽弃。

7.5　本章小结

本章主要介绍了光的特性、光与色彩的关系以及光在摄影中的各种应用，并从多个方面介绍了光在室外摄影和室内摄影中的运用和布光技巧。通过本章的学习，读者可以学习到室外光线在摄影中的应用，以及室内布光的基本方法和相关技巧。

第8章
基于四季的主题摄影技巧

春季拍摄

对于摄影者来说春天是适合旅游拍摄的最佳季节。要拍摄春天的景色，最重要的是捕捉春天的信息。在这个季节里，花草和户外人物都是不错的拍摄题材。

夏季拍摄

夏季是个炎热的季节，也是植物最旺盛、昆虫最活跃的季节。此时，昆虫、荷叶、莲花等都是夏天最热门的拍摄对象。

秋季拍摄

秋天天气晴朗，可见度高，大部分植物开始泛黄，摄影者往往喜欢利用大自然的这一特点，来展现秋天的美丽。在秋季，树林和树叶是常用来拍摄的题材。

冬季拍摄

冬天的风景主要是通过对雪的描写来表现的。此外，冰也是非常值得注意的题材，尤其是大型的冰雕展，更是摄影师不可错过的拍摄题材。

8.1 春季的花草和人物拍摄

春天是美好的季节,是充满诗情画意的季节;春天,又意味着一个生机勃勃的开始。自古以来,诗人喜爱春天、赞美春天,是因为春天景色宜人,处处皆可入诗。

春天对摄影者来说是一个适合旅游拍摄的季节。要拍摄春天的景色,最重要的是捕捉春天的信息。很多摄影者喜欢通过花花草草的特写来展示春天生机勃勃的气息。漫步古诗百花园,只见咏春诗姹紫嫣红、争奇斗艳,令人目不暇接,随意择取几朵,慢慢品读,不知不觉会陶醉其中。

8.1.1 合理选择取景角度

如果是"千树万树梨花开"的大场景,摄影者可以寻找一个较高的取景点,俯瞰花海起伏的全景,拍出的照片就会气势恢弘;如果树林的规模不大,但花卉盛开娇艳欲滴,则可选取较完美的花枝和花朵拍特写照片。

选择一枝花上既有盛开的花朵,又有含苞欲放的花蕾拍摄特写照片效果更好。如果想以花卉为背景拍摄人物,取景时应该注意人物不可离相机太远,以免出现拍出的照片场景很美而人物很小的情况。

如果要拍摄大场景的花草,应该取一个较高的取景点,例如站着来拍摄

除了拍摄大场景，还可以微距拍摄花草，例如花草的特写

如果想以花卉为背景拍摄人物，取景时应注意突出人物这个主体

8.1.2　拍摄时的用光技巧

　　拍摄花卉时用光特别关键。总体来说，拍花卉用侧光或逆光较好，侧光可以较好地塑造出花卉的层次和立体感，逆光则可以利用阳光的照射充分展现花卉的绚丽色彩。在风光和花卉摄影中一般不采用顺光拍摄，因为顺光的塑形能力较差，拍出的照片平直呆板，不能充分展现景物和花卉的风采。

利用侧光拍摄花卉的效果　　　　　　利用逆光拍摄花卉的效果

提示：如果拍摄花卉前的人物，既想用逆光表现花卉的绚丽美感，又想把人物拍得清楚，那么就需要采取闪光灯补光或者用白色的纸或白色衣服为人物面部补光。否则，拍出照片来人物就成黑脸甚至剪影了。

　　拍摄春天的花草，也需要注意时间的选择，例如选择清晨沾有露水的花草，或者利用傍晚时分柔和的光线，然后加上逆光的效果可以展示春天柔和的一面。

清晨拍摄沾有露水的花朵可以获得不错的效果

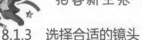
8.1.3　选择合适的镜头

在镜头的选择上，摄影者既可以通过广角镜头加小光圈，得到大景深的效果，来展现春天生机盎然的气息；也可以通过长焦距镜头或者微距镜头加大光圈，来对春天的小生物进行特写。这种拍摄技巧，用在人物摄影上也同样适用。

通过广角镜头加小光圈，获得景深效果　使用微距镜头可以更清楚地拍摄花草的细节

使用前景深的技巧拍摄人物照片　　　使用微距镜头同样可以拍摄人物细节

提示： 拍摄时，摄影者可以使用小光圈＋慢门来拍摄，如果光线还不够充足，又有点风的话，会拍到有些花虚化，有些花清晰的画面。远处还有点雾气的话，就更有清冷的意境了。

8.2　夏季风景和荷花拍摄

夏季是一个炎热的季节，也是植物最旺盛、昆虫最活跃的季节。这时，摄影者

可以通过中景、远景等拍摄来完全展现夏天枝繁叶茂的景象。在选择拍摄地点时，摄影者可以考虑公园、山林、庭院、沙滩等地方，而对于拍摄对象来说，昆虫、荷叶、莲花等就成为夏天最热门的拍摄对象。

8.2.1　夏季风景的拍摄

　　夏季能带给人们很多美景，像风雨水云、山林幽谷等处处散发出诱人的景致。

　　夏天虽然骄阳似火，不过也带来了蓝天和白云，这正是捕捉云彩经过光照后的最佳时机。

1. 正午拍摄

　　如果是在夏天的正午时分拍摄，那时阳光很强烈，为防止曝光过度造成细节的下降，建议用户把曝光补偿降低1挡，以便使蓝天和白云的色彩表现纯正，而且广角拍摄出来的照片很有味道。

夏天是拍摄蓝天和白云最佳的季节

广角镜头拍摄蓝天和白云别有一番风味　　　　高空(飞机上)拍摄云层效果更丰富

　　如果觉得单纯拍摄蓝天白云有点单调的话，可以配搭一些景物来辅助蓝天白云的景色，例如地面上的房屋、草地等。

通过地面景物的配搭，拍摄夏天风景的效果更佳，同时可以表现蓝天白云的美感

2. 日出和日落拍摄

除了白天的景色外，夏天美丽的夕阳或者日出景色也是摄影师常选取的题材。

夕阳或者日出仅在日落日出前后短短的20分钟内出现，此时的色温绝佳，太阳的光线角度低，光质柔和并且呈现出暖色调，整个画面充满了诱人的魅力，再配合适当的云彩与地形，这种景象是摄影师绝不能错过的最佳拍摄场景。

拍摄日出和日落，选择的地点非常重要。摄影者一定要在可以看到日出或者日落的地方，如果条件允许的话，还是选择到野外拍摄比较好，毕竟野外空气的透彻程度比在城市中高。但是，不管是在野外还是在城市，选择的地点应该开阔，地势较高为宜。在野外拍摄的时候选择地势比较高的地点，例如高山上，拍摄的视角选择从高处向下的角度，这样在取景时近处和地面就不会有什么多余的物体遮挡太阳，有利于主题的表现。重峦叠嶂在旭日东升时处于大逆光会产生一种层次丰富的效果。如果在城市中拍摄，可以选择一个比较高的楼，具有同样效果，层次也比较丰富。

日出或者日落的时间是很短暂的，而在这短短的时间内每一分钟的景色都有可能出现很大的变化，就拿日落来说，日落的过程大至分为四阶段，就是由太阳变黄，进入变红长蛋形，再到水平线上消失，最后天空由红转紫再转深蓝。这当中的光线变化很大，由炽热阳光变成深蓝色。日落时间看似很长，但太阳消失于山线或水平线的时间实在很快，可能不消两分钟便由太阳刚触到山线而至沉下，一个不留神就把握不了。

因此，拍摄日出和日落的时间也是很重要的。在太阳刚从地平线上升或在太阳即将西沉的时候，地面上都有一定的朝霞或晚霞遮盖着太阳散射出来的光线，而显现出一轮没有光芒散射的圆圆的太阳，这就是拍摄日出或日落的时候了。

日出的时候应该从太阳尚未升起，天空开始出现彩霞的时候就开始拍摄；而日落的时候，应该从阳光开始减弱，周边天空或者云彩开始出现红色或者黄色的晚霞时就开始拍摄。如果时机太早，太阳的亮度还很强，对准强烈的阳光会让拍摄者的眼睛感到不适。

朝霞或者晚霞的变幻是无常而且迅速的，这就要求拍摄者保持精神的集中，寻找适当的构图和时机。

海边日出的拍摄效果

城市日出的拍摄效果

海边日落的拍摄效果

城市日落的拍摄效果

8.2.2　夏季荷花的拍摄

荷花于每年六月至九月间开花，全国各地花期略有不同，而北京地区适合拍摄盛开的荷花的时期是七月至八月间，当然这只是传统意义上的最佳拍摄时期，因为荷花拍摄题材可以很多，所以可拍摄周期还可再延长一个多月。

拍摄荷花，尽量使用有中画幅和大画幅的相机，而那些长焦相机也可以用于拍摄距离较远的荷花。另外，三脚架是必须携带的配件，因为拍摄荷花时大部分人会使用长焦镜头或微距镜头，防抖是非常必要的。如果用户有偏振镜的话，也可以带上，可以在某些环境下压暗荷叶的反光，使荷花更加突出，另外偏振镜还可以增加荷花的饱和度，对质感的表现也非常有用。

1. 拍摄时间

每天上午的七点至十点是拍摄荷花的最好时间。此时光线条件已经具备，荷花开放的状态也非常好。在湿润的天气里，荷花荷叶还挂着露水，更让照片鲜活生动。接近中午时分，荷花在烈日下会逐渐收拢，到下午就很难找到盛开的荷花。到了傍晚时分，映着落日的荷花，也是非常美丽的拍摄题材。

早晨时分拍摄荷花，可以拍摄到荷花最鲜活生动的状态

傍晚时分拍摄荷花别有一番风味，但要注意傍晚时分拍摄时的补光处理

> **提示:** 对偏离中间调的花色如白色荷花,需要注意测光方式的选择与曝光补偿的应用,特别是在傍晚时分拍摄荷花的情况下。

2. 荷花摄影的构图

荷花拥有很高的茎,一般拍摄单株荷花时,采用竖幅构图更为合理,但进行荷花单体或多株荷花拍摄时,横幅构图反而会更加适宜。在此需要提醒,由于传统对荷花建立的"出淤泥而不染,濯清涟而不妖,中通外直,不蔓不枝"的理解,因此在拍摄时应尽量保持画面不要倾斜,而且在包含荷花枝茎的拍摄时,尽量不要让荷花过多地遮挡荷花的枝茎。

拍摄多株荷花时可采用横幅构图

拍摄单株荷花时多采用竖幅构图

3. 摄影的用光

拍摄荷花可以采用前侧光、侧逆光、逆光等用光方式,除非万不得已,不要选择顺光拍摄。逆光和侧逆光对荷花的质感表现会非常好,而侧光则能更好地表现荷花的立体感。

> **提示:** 由于夏天气温高,阳光照射强,荷花容易受光照的影响而造成过高的明暗反差,也会影响画面整体的曝光。对于光照强烈的场景,摄影者可以选择较小的光圈和较快的快门进行拍摄。

采用侧逆光拍摄荷花的效果

采用前侧光拍摄荷花的效果

在日全食下拍摄荷花的效果

采用逆光拍摄荷花的效果

4. 拍摄荷花的技巧

1) 利用微距拍摄细节

只要与荷花有足够近的距离，就可以拍摄荷花的花蕊和花蕊上的水珠等特写，这些特写拍摄出来也有很好的效果，特别是有些荷花的花蕊色彩很鲜艳，颜色为嫩黄、嫩绿、浅粉红色等，相当有特点。此外还可以对花瓣的脉络等做精雕细刻的细节拍摄，可以全方位地反映荷花的美。

近距离拍摄整朵荷花

微距拍摄荷花的花蕊

2) 加入昆虫

在荷花池边，经常可以看到蜻蜓、蜜蜂等昆虫。它们时而飞舞，时而落在花瓣上歇息。将昆虫与荷花一起摄入照片，将是再生动不过的作品了。熟悉昆虫习性的摄影师可以使用远摄微距镜头，将昆虫毫发毕现的拍摄下来。

将昆虫与荷花一起摄入可以让照片更加生动、活泼

3) 利用倒影

倒影是很好的陪衬物，特别是在水流动时出现的倒影，能够衬托出画面特殊的效果。

利用荷花在水中的倒影，可以丰富画面，可以获得特殊的视觉效果

8.3 秋季风景和树叶拍摄

秋天天气晴朗，可见度高，大部分植物叶子开始泛黄，摄影者往往喜欢利用大自然的这一特点，来展现秋天的美丽。

在这个季节里，树林和树叶是常用的拍摄题材。泛黄的树叶在逆光的情况下，被光线打透，摄影者利用不同角度的光线拍摄，可以展现其优美的轮廓。此外，菊花也是摄影者在秋季最喜欢拍摄的题材。

8.3.1 选择秋季拍摄的主体

对于户外摄影来说，秋天是一年里最为上镜的季节。不仅是因为植物们全都在竭力展现它们最后的美丽，还因为这时的气候和光线也变得十分诱人。在这个季节中，植物是主要的拍摄题材。

1. 树林

树林是秋天最为常见的拍摄主体之一。由于进入冬天树叶会枯萎和凋落，在秋季落叶植物的叶子会发生惊人的变化，由夏天的绿色变为深浅不一的黄色、金色、褐色、橙色和红色。

虽然橡树、榆树、桦树、无花果树和其他落叶植物在秋天也会变得十分动人，但山毛榉林和枫林在秋季会显得更加漂亮。

山毛榉林的拍摄照片

枫林的拍摄照片

2. 菊花

菊花是我国的传统名花之一，距离现在有三千多年的历史。人们爱菊，不仅因为它高洁、韵逸，形质兼美，更由于它开放在深秋季节，傲霜挺立、凌寒不凋。

"寒花已开尽，菊蕊独盈枝"、"凌霜留晚节，殿岁夺春华"，这就是菊花最可贵的地方。诗人、画家把它作为描绘对象，摄影家、摄影爱好者更是喜爱它，拍摄它，把情感与美丽寄托之中。

因菊花开放于秋季，故又称"秋菊"。菊花按分类不同称谓各异，如按花期分为"早菊（9月~10月）"、"秋菊（11月）"、"晚菊（12月）"及5月菊、7月菊等。

每当深秋季节，万花纷谢，唯有菊花凌寒怒放，生机勃勃，所以秋季是拍摄菊花的好时机。

每当深秋季节，万花纷谢，唯有菊花凌寒怒放，生机勃勃

3. 红叶

唐诗名句"霜叶红于二月花"很多人都知道，其实秋天"霜叶"的色彩是广义的，除了红色还有黄色、粉色、紫色等颜色。从摄影角度而言，这些都可通称为"红叶"。

秋季树木变色是自我保护的反应，五颜六色的红叶反映了树木生命力的强弱和叶片中胡萝卜素的含量，以及树木所处地理位置、朝向等不同。我国红叶树种类很多，因此拍摄红叶是摄影者每年秋天的必备题材。

秋季树木变色，出现五颜六色的红叶，是秋天拍摄的题材

8.3.2 把握光线拍摄风景和红叶

在很多地区，秋季的天气是很难预测的，这往往容易拍出激动人心的照片。从亮丽的阳光到戏剧性的风雨，都能改变秋天风景照的面貌。

1. 注意时间和天气

艳阳高照的日子为捕捉秋天的美丽提供了最好的条件，特别是在清晨和傍晚，当阳光转为暖色，天空也变为深蓝色时，这时太阳位于天空中较低的位置，万物都会拖出长长的影子，使拍摄的场景展现出更多的纹理和更大的纵深感。而大地上的一切都会笼罩在迷人的温暖色调之中。

在秋高气爽的日子里，映照在金色阳光和纯净蓝天下的树林及其他风景都是最为上镜的。如果好天气一直持续到日落前的最后一小时，摄影者就能拍到很多吸引眼球的照片。

如果遇到阴天，可能会不太适合拍摄风景，但十分适合拍摄秋天的树林，因为这时的光线很柔和，对比度很低，摄影者不用担心浓重的阴影和耀眼的高光，而在夏季它们经常会出现在相机的取景器中。

在阴天，秋季的色彩看起来也会丰富一些，使用偏振镜消除树叶上的反光，会大大提高树林颜色的饱和度。

清晨时拍摄风景可以获得不错的效果

艳阳高照时拍摄可以获得充足的曝光

阴天时拍摄，光线很柔和，对比度很低

黄昏时拍摄，树叶跟光线相映相衬

2. 拍摄红叶时的用光技巧

光线是上帝赐给摄影者的艺术刻刀。对于表现红叶这类色彩鲜明的题材，光线的运用是创作个性作品的关键因素。光线的微妙变化可以让红叶表现出完全不同的色彩，即使在同一地点，随着时间的不同，光线照射角度发生变化，红叶也会呈现出不同的变化。特别是顺光和逆光的改变，能够使红叶的色彩饱和度发生强烈的变化。

采用顺光拍摄主要表现红叶色彩，在顺光情况下，不但红叶本身的色彩较好，而且蓝天色彩也比较浓艳，有色彩强烈的感觉，但画面立体感显得稍差，在选择对象时要注意树木轮廓清晰，不要和其他背景混淆；侧光拍摄红叶效果较好，使用侧光时，画面有一定层次，色彩表现也没有受到多少影响，特别是拍摄中景或远景时立体感比较强，所以一般在侧光下拍摄比较多；逆光也是拍摄红叶常常使用的光线，需要拍摄特写、表现细节时，借助逆光可清晰地反映出红叶的半透明质感。

顺光拍摄红叶时，可以表现红叶的色彩，但画面立体感显得稍差

侧光拍摄红叶时，画面有一定层次，红叶的色彩表现也不错，而且立体感较强

逆光拍摄可以清晰地反映出红叶的半透明质感，特别是在特写时更能表现细节

> **提示：** 拍摄红叶，偏振镜是常用的滤镜。因为它可以有效抑制红叶表面的反光，让人们看到红叶本来的色彩，尤其是在顺光和侧光时效果明显。

3. 拍摄风景时的用光技巧

秋天的天空也不乏魅力，美景加上蓝天白云的映衬，足以让人沉醉。但摄影者要注意利用好光线，树木就会展现出它最具冲击力的一面。拿一片树叶对着太阳或天空，逆光下的树叶就会显现出赏心悦目的颜色。如果将树叶的数量无限增加，也就是说逆光面对整片树林，要想拍出杰作，就需要多花心思了。

要使树林处于逆光状态，最好的方法是让它处在拍摄者和太阳之间，使明亮的阳光穿过树叶照射下来。在清晨或傍晚，当太阳在天空中的位置较低时，要做到这一点最容易；而在中午，要得到同样的效果拍摄者只能蹲着或躺着拍摄了。拍摄这种照片甚至不必在晴天，只要树叶足够浓密，站在阴暗的林地中面对外面的天空也能得到很好的效果。

这时如何曝光就成了拍摄成功的关键，逆光拍摄最好能够使用测光设备进行准确测光，以便避免由于测光问题而导致天空曝光过度，这会影响画面的整体效果。摄影者可以考虑先对景物进行测光，然后再根据实际情况适当减少曝光量，从而保证天空的曝光正常，以突显蓝天、白云的效果。

明亮的阳光穿过树叶照射下来，这时逆光拍摄应该掌握好曝光量

另外，为避免顺光或侧光下拍摄树林时曝光不足，摄影者有必要提高一点曝光量，一次多拍摄几张。随着曝光量的增加，阴影中的细节会显现出来，高光部分也会变得更亮。

在曝光不足的情况下，摄影者可以提高曝光量，例如调整曝光补偿设置

8.3.3　多视觉构图的风景拍摄

秋天景色虽好，但在构图上，不能一味追求视觉广阔，适当的拍摄一些特写别有一番味道。

摄影者可针对实际情况选择拍摄远景、中景或近景，还要注意拍摄特写等，通过点与面的结合，能更好地展示秋天景色的魅力。

拍远景可以包括景色的全貌，能最大限度地表达景色的全景，但是容易出现色彩一片，没有细节，枝枝叶叶不分明，没有立体感，也很难有锐度表现，表现力不足。

拍中景能够突出景色的特点，而且视觉效果适中，同时能兼顾一些色彩和细节；但是中景拍摄立体感不突出，表现力仍不足。

拍近景能兼顾色彩和细节，突出局部的质感和局部树叶结构和色彩，能展现树叶的魅力，表现力强；但是不能体现景色的特点，只能表现局部。

远景拍摄可以体现景色的全貌　　　　　中景拍摄突出景色特点和部分细节

必要时，可以使用广角拍摄风景的全貌，这种拍摄方法最大限度地突出景色的气势

拍近景能兼顾色彩和细节，突出局部的质感，能展现树叶的魅力，表现力强

8.4 冬季雪景和冰雕拍摄

冬天来临，大多数生命都收起自己最灿烂的一面，面对凛冽的寒风和冰雪，默默的等待下一个春天的来临。冬天的拍摄对象相比于其他季节，就比较单一了。冬天的风景，主要是通过对雪的描写来进行表现的。除了白雪，冰也是非常值得注意的题材，尤其是大型的冰雕展，更是摄影师不可错过的拍摄题材。

8.4.1 冬季雪景的拍摄

冬季雪景的特点是反光强、亮度高，如果单纯拍摄一片白茫茫的大地往往会感到刺眼，什么也看不清楚，所以在拍摄时最好要注意跟其他景物搭配，例如山、树、房屋等。

1. 根据雪的形态决定拍摄方法

不同的雪景，有不同的拍摄技巧。依据雪的形态，雪景可分为飘雪、积雪和风雪等不同的景观。

拍摄飘雪景观时，应该选择雪团直径大且密度较稀的雪天，并用深色的背景(建筑物、街道、树林等)，把雪团飘落的轨迹衬托出来。

拍摄积雪景观时，需要准确的曝光，必须考虑许多复杂的因素，如天气的阴晴、时间的早晚、光照的方向和角度、雪的色泽和覆盖情况等。有经验的拍摄者会在测光值的基础上大胆地增加一些曝光量。此外，面对阳光和雪地，必须合理使用滤色镜。

　　相对其他景观来说，拍摄风雪景观的难度最大。在大雪纷飞、北风呼啸的环境下进行拍摄，拍摄者需要提高快门速度，高速快门可以拍出被风吹卷的雪花的流动感，从而增加作品画面的线条结构。

拍摄飘雪景观时，选择密度较稀的雪天，并使用深色的景色配搭

拍摄积雪景观时，要设置准确的曝光，必要时使用滤色镜

2. 拍摄雪景时的用光技巧

　　雪是洁白的晶状物，它散布或积聚在景物上时，景物中色调深浅不一的物体都被它遮盖而成为白色的物体，因而雪景就是白色部分较多的景物，可给人以洁白可爱的感觉。

因为雪景中白色部分占据的面积较大，也比其他景物明亮，在有太阳光线照射时，就更加明亮。因此，要表现出雪景的明暗层次以及表现出较近地方雪粒的透明质感，运用逆光或后侧光拍摄雪景最为合适。这样可以更好地表现所要拍摄景物的明暗层次感和透明质感，整个画面的色调也会显得富于变化。

利用逆光拍摄挂满雪的树枝的效果

利用后侧光拍摄雪山的效果

3. 雪景中人物的拍摄

以雪（常是"积雪"）作景，人物为主的拍摄，要形成人与雪的强烈对比，并且需要注意雪的反光不能直接反射到人物的脸上或身上。

另外，在雪景中拍摄人物，需要适当地添加辅助光。由于将雪作为背景会显得很亮，加辅助光可以达到突出主体的作用，同时相机还要加上遮光罩以避免其他光线的干扰。偏振镜在雪景的拍摄中也有很大的作用，可以降低白雪反射的偏振光的亮度，使蓝天白云更突出，提高色彩的饱和度。

在雪景中拍摄人物，需要适当地添加辅助光，同时可以使用偏振镜辅助拍摄

8.4.2　冬季冰雕的拍摄

冰雕是人工造冰之后经过雕琢和拼凑而成的景物。在寒冷地方，则采用现成的冰块制作成各式造型，例如宫殿楼台或龙或凤等形体，所有景物都是用冰制作，呈现出冰雪世界的通透景色，非常壮观。所以在寒冬的时节，拍摄冰雕是一个不错的题材。

1. 针对不同对象选择合适的拍摄点

拍摄冰雕，首先要选择好拍摄的对象，拍摄冰雕中最好的一处还是冰雕群。因为要根据所拍摄冰雕的数量规模来选择使用相机的镜头和拍摄点的远近。

如果拍摄一处冰雕，拍摄点可靠近一些，主要拍摄冰雕的布局造型和灯光反射效果；如果要拍摄冰雕群，拍摄点远一些才好，如果现场选择不到远的拍摄点，最好使用广角镜头，这样才可把多处冰雕收入到一个画面之中。

近距离拍摄冰雕，主要拍摄冰雕的布局造型和灯光反射效果

远距离拍摄，主要拍摄冰雕群或全景，可以考虑使用广角镜头拍摄

2. 合理的用光

冰雕景观大部分都是冰和灯的结合、色和光的造化，正是它们恰到好处的结合，又辅以动人的造型，才有了强烈的感染力。

要获得冰雕透彻的特点，拍摄时就需要灵活运用冰雕的"透射光"。这种"透射光"就是从冰雕背面选择合适的位置打出的大逆光，由于它是迎着相机从冰雕中透射过来的光，在角度适宜的情况下，可以拍摄到冰雕剔透如玉的特点，而且形态逼真。

但要注意，这种光除了可获得主体感、透明度和色彩的奇特变化之外，还不会破坏作品的完整性。

通过冰雕的透射光，可以拍摄出冰雕剔透如玉的效果

3. 夜晚拍摄冰雕

拍冰雕夜景，需要注意防抖。用户可以选用相机夜景模式进行拍摄，最好加用三脚架，手持拍摄时要选用快速度快门，以防启动快门时相机抖动。

另外，冰雕内部大都装有彩色灯，所以拍摄冰雕夜景也十分有趣。但需要注

通过冰雕底座产生的灯光，可以拍摄出冰雕的各种光线反射效果，而且轮廓清晰

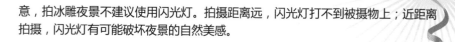

意，拍冰雕夜景不建议使用闪光灯。拍摄距离远，闪光灯打不到被摄物上；近距离拍摄，闪光灯有可能破坏夜景的自然美感。

8.5 本章小结

　　本章主要介绍了一年四季的各种主题的拍摄方法和相关技巧，其中包括春季如何拍摄花草、夏季如何拍摄荷花、秋季如何拍摄风景和树叶以及冬季如何拍摄雪景和冰雕等内容。

第9章
夜景摄影的方法和技巧

夜景拍摄的特点

光在夜景拍摄中除具有双重作用外，还具有可以突出主体、能夸张景物并渲染气氛、色调对比比较强烈等多个特点。

夜景拍摄方法

拍摄夜景时，需要注意相机的防抖工作，并使用合适的光圈，正确曝光，这样才可以为拍摄优秀夜景作品提供有效的保障。

夜景拍摄的技巧

在进行夜景拍摄时，需要注意相关事项并掌握一些技巧，以便可以拍摄到令人满意的照片。

夜景不同主题拍摄

夜景是广大摄影师爱好的拍摄题材，特别是现代灯光的使用，使都市的夜晚美轮美奂。掌握夜景拍摄的不同方式，是成为专业摄影师的必修课。

9.1 夜景摄影的特点

夜景摄影主要是利用被摄景物和周围环境本身具有的灯光、火光、月光等作主要光源，以自然景物和建筑物以及人类活动所构成的画面进行拍摄。由于它是在特定的环境和条件下进行拍摄的，往往受到某些客观条件的限制而带来一些拍摄的困难，所以夜间摄影比日间摄影困难得多，但是它也有自己独特的效果和风格。

9.1.1 光在夜景摄影中具有双重作用

人们在夜间活动，总是以灯光、火光或月光等作为主要光源，因此夜景摄影往往会同时出现很多光源。光在夜景摄影里具有双重作用：它既是照明的光源，又是画面不可缺少的组成部分。对夜景摄影来说，灯光、火光和月光除了起光源作用外，还有另一种作用，即构成画面的组成部分。

夜间照片只依靠光照明，画面没有光的话，夜间气氛减弱

如果一张表现夜间景物的照片，画面上没有灯光、火光和月光，只有灯光、火光或月光照射下的物体，就会使夜间的气氛减弱，使画面失去其真实感。

例如，拍摄节日焰火的照片，焰火本身的色彩和光亮在画面上，既是主题的重要组成部分，又使地面上的建筑物的轮廓表现出来。

将夜间光源包含在照片里，可以突出夜间摄影的主题，并且增加画面的绚丽效果

9.1.2 夜景拍摄可以突出主体

夜景摄影，由于天色黑暗，一些不必要甚至破坏画面的景物被黑暗隐没，而被摄主体或景物的主要部分就突显出来了。例如有些杂乱无章的景物，在白天无法避掉，在夜景摄影中则被置于暗处，不会影响到画面和构图的美观。

如下图所示，白天拍摄时会将湖面的船只、高层建筑物和树木拍摄到画面里，但在夜晚，上述的景物都置于黑暗中，或者相对于用灯光装饰的主体陪衬景物显得很低调，因此就突出了主体，使拍摄的照片具有主体突出、主题鲜明的特点。

白天拍摄景物全景时，主体不突出　　　夜晚拍摄时，通过灯光和夜色的效果，主体明显

9.1.3 夜拍能夸张景物，渲染气氛

夜景摄影，由于有独特的拍摄方法和影调处理手法，使得它具有夸张景物、渲染气氛的特点。例如，很多摄影师利用灯光来造型，把被摄景物夸张地表现出来，使它们比现实中的景物更突出，具有强烈的感染力。另外，摄影师还能采取特殊的拍摄技术，充分利用周围环境的特点，加以合理的渲染，使照片的现场气氛更加浓烈。

利用灯光来造型，让照片有强烈的感染力　　　采取特殊拍摄技术，加以
　　　　　　　　　　　　　　　　　　　　　合理渲染可增加气氛

通过拍摄技术，可以让灯光产生很玄的效果，这种拍摄手法也是很多摄影师常喜欢的技巧

9.1.4 夜拍作品色调对比较强烈

　　夜间摄影，由于受光线的限制，想要拍摄线条细致、层次丰富的物体相对比较困难。但如果拍摄灯光效果、烟火效果则可以有很明显的色彩效果，而对于建筑物的轮廓的区分、人物外形的刻画、黑白的处理、明暗的对比等方面，夜拍也是可以表现的。

　　由于夜晚拍摄，依靠的是非自然光作为光源，光源的照射就不及自然光（例如日光）那么均匀，所以夜间拍出的照片往往给人以画面黑白分明、色调对比强烈的印象。

夜晚拍摄的照片往往给人以画面黑白分明、色调对比强烈的印象

9.2 夜景摄影的基本方法

夜间拍摄与日间拍摄最大的不同就是光。在黑暗的环境中仅仅依靠灯光、火光、烛光等光源照明，绝对没有日光照射的范围大而且明亮。因此，在光线不足的情况下拍摄，必须掌握基本的拍摄技巧，才可以让拍摄获得良好的效果。

9.2.1 相机的防抖措施

由于夜间光线比较弱，拍片需要长时间曝光，手持难以保证相机的稳定，所以建议让相机固定拍摄，以防止相机拍摄时产生抖动。

防抖一般使用两种措施。

第一种防抖措施是使用三脚架或稳固平台来固定相机。当固定相机后，还需要注意调节光圈、按动快门、观察景物、尽量不要碰动机身，特别是进行多次曝光时，更要严格要求，否则，拍摄的照片就很容易出现重影，使得拍摄失败。

在拍摄移动着的目标时，为了兼顾稳定性和灵活性，可以松开三脚架的云台紧固把手，用双手扶持照相机进行拍摄。另外，如果需要频繁移动拍摄的地点，那么可以使用袖珍三脚架，因为袖珍三脚架方便携带，而且可以将其用于支撑在身体上、墙壁上等相对较稳定的物体上，抵消可能出现的晃动。

使用大型三脚架固定拍摄可增强拍摄的稳定性　　使用袖珍三脚架可以方便移动拍摄

第二种防抖措施是使用相机的遥控启动快门功能，或者使用快门线启动快门。

这种措施可以避免拍摄者拍摄时接触相机，从而最大限度地减低影响相机稳定拍摄的机会。

使用遥控启动快门或使用快门线启动快门前，先固定好三脚架，调整好照相机，紧固好各个部件后，再取景，最后启动快门即可。

调整三脚架和取景

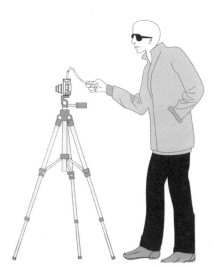

通过快门线启动快门，完成拍摄的操作

9.2.2 注意光圈的运用

拍摄夜景，要特别注意光圈的运用，因为它影响景物的清晰度。有些夜景，由于光线十分暗淡，拍摄距离无法精确确定，因此，常常用缩小光圈、增加景深范围的办法来处理。

拍摄夜景，常用的光圈为F5.6或F8。有些景物的位置比较固定，光线变化也不大，光圈可以适当小一些，但曝光时间要相应延长，这样景物的清晰范围可以更大一些。

提示：拍摄者进行多次曝光时，可根据现场光线的强弱，用光圈来调节感光量，以便获得最佳的摄影效果。

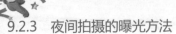
9.2.3　夜间拍摄的曝光方法

夜景摄影的曝光比较复杂，无法依靠测光表判断，应该从实际出发摸索规律。其曝光方法有两种：一次曝光和多次曝光。

一次曝光是用三脚架把照相机架好，然后通过取景器把应当拍摄的景物按照要求安排在画面里。取好景之后，把相机固定在三脚架上，不使其活动。拍摄时，用快门线控制快门的启动(或用镜头盖控制已开启的快门)进行一次适当时间的曝光。

多次曝光是指两次以上的曝光。它是在一次曝光不能完成拍摄任务的情况下才使用的一种方法。利用多次曝光，可以分次摄取部分景物，使画面内容丰富，形式活泼。

如果条件具备(灯光、环境条件、时机等都符合要求)，一次曝光最为理想。但有时为了取得某种特殊效果，而采用多次曝光，在每一次曝光中摄取某些景象也是需要的。

光线充足的情况下，可以一次曝光　　光线暗淡且照明不足时，可以进行多次曝光

在拍摄时，应注意以下几个方面。

(1) 在曝光时，可以把光线强弱等景物分开，使最暗的景物先曝光、多曝光，最亮的则后曝光、少曝光，这样能弥补曝光不均匀的现象。

(2) 遇到某些景物，在感光不能采用先曝光或多曝光时，则可用人工补助光的办法，对较暗的景物进行光的补助，使反差有所减弱。

(3) 有些景物由于光线过强或过弱，不能在拍摄时避免，则可以先拍，然后在放大时采用遮挡的办法进行纠正。

不管是使用一次曝光还是多次曝光，都要掌握准确的曝光时间和选择适当的曝光时机。夜景摄影的曝光，很难有一个确定的数字。曝光时间在一秒钟以上，都要靠拍摄者凭经验估计。一般来说，进行一次曝光时，曝光量要掌握得更严格一些；进行多次曝光时，曝光时间的伸缩余地较大，如果发现某些景物或景物的某些部分曝光不够，可以再开一次快门进行补救。

不管一次曝光还是多次曝光，如果曝光过度，灯光本身由于时间长，会向周围扩散，使周围的建筑物或天空产生大片白色，增大反差，这样就会破坏了夜景的灯光效果。曝光不足，照片也会起相反效果：分不清景物轮廓，没有层次，在照片中除点点灯光外，其余浸没在一片黑暗的影调中。在拍摄夜景时，如果天空还有一些余晖(傍晚或黎明)，都要特别小心，要使天空感光不足，勿使其感光达到顶点，否则将失去夜间的气氛和特点。

曝光过度使周围的景物产生大片的白色　　　　合适的曝光，可以维持夜景的灯光效果

9.3　夜景拍摄的其他技巧

夜景摄影是在特定的环境和条件下进行拍摄，受到的客观条件的限制比较多，例如光源的限制、色彩的限制等。因此，在进行夜景拍摄时，需要注意相关事项并掌握一些技巧，以便可以拍摄到令人满意的照片。

9.3.1　善用曝光补偿减低反差

曝光补偿也是一种曝光控制方式，如果环境光源偏暗，即可增加曝光值（如调整为+1EV、+2EV）以突显画面的清晰度。反之，环境光源偏亮时，则可以减少曝光值（如调整为−1EV、−2EV）来减低画面的反差。

在夜间拍摄光照充足的景物时，很容易过度曝光，让拍摄的照片偏亮。此时可以应用"白加黑减"原理，在拍摄这类景物时适当使用负曝光补偿，这样得到的画面曝光比较准确，更重要的是同时会提高了相应级数的快门速度，拍摄成功率也可以提高。

正常曝光时画面偏亮　　　　　　　　　−1EV曝光补偿后，画面变得和谐

9.3.2 使用慢速闪光同步功能

　　在光线昏暗的环境下拍照时，如果使用闪光灯加较高的快门速度进行拍摄，容易造成前景主体太亮，甚至是白晃晃的一片，而背景却依旧灰暗，无法辨认细节。慢速闪光同步功能会延迟数码相机的快门释放速度，以闪光灯照明前景配合慢速快门(如1/5秒)为弱光背景曝光。这样，就能够拍摄出前后景均得到和谐曝光的照片。

　　例如，不少人打开闪光灯拍摄，但拍出来的效果往往只是主体照亮，而后面的背景却是黑黑一团。这是因为使用普通闪光灯模式拍摄，相机的快门速度往往比较高，并且小小闪光灯的指数并不高，不能照亮较远的背景。此时，可以使用慢速闪光同步功能来解决这个问题。

使用闪光灯正常拍摄的效果　　　　　　使用慢速闪光同步功能拍摄的效果

提示： 慢速闪光同步的曝光时间比较长，所以对相机的防抖要求比较高，建议拍摄者使用三脚架固定相机进行拍摄。

9.3.3　拍摄人物要开启防红眼模式

人在光线不足的环境里，瞳孔会放大。闪光灯光线从眼球玻璃体折射回来，就形成一个红点。如果不想让拍摄出来的人或动物的眼睛出现"红眼"，可以利用数码相机的防红眼闪光模式(部分相机称为消除红眼模式)先让闪光灯快速闪烁一次或数次，使人的瞳孔适应之后，再进行主要的闪光与拍摄。

提示： 不过总会遇到偶然的情况忘记了使用防红眼模式，这时利用图像处理软件进行后期处理，也可以去除红眼效果。

没有开启防红眼闪光模式拍摄的效果　　　　开启防红眼闪光模式拍摄的效果

9.3.4　调整白平衡校正偏色

白平衡模式的功能是将色调调整为大致与用户所看到的相同。当夜拍时，景物色调与预期不相符，即可通过调整白平衡来校正。

因为夜景中有很多光源是来自灯光，所以拍摄出来的照片很容易出现偏色的问题。当遇到这种情况时，可以根据现场环境调节合适的白平衡设置。

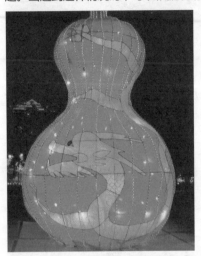

没有调整白平衡就拍摄的效果

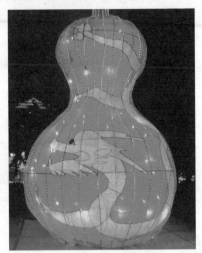

调整白平衡后拍摄的效果

9.3.5 不要盲目调高ISO感光度

在数码相机中，通过调节ISO感光度的大小，可以改变光源多少，以达到提高或减低照片亮度的目的。

很多初学者喜欢在拍摄夜景时大幅度提高ISO感光度，以获得更多的光线，提高亮度。虽然提高ISO感光度可以达到提高照片亮度的目的，但是过高的感光度也会影响照片的品质，让照片出现大量明显的噪点。

因为ISO值越小，其对光线的敏感度越低，所需要的曝光量相对较大，但画质细腻；ISO值越大，对光线的敏感度越高，所需要的曝光量相对较小，但画质相对较粗。如果希望保持尽可能高的画质，应该使用低ISO感光度，对于夜间拍摄，一般将感光度设置到ISO 200~800为宜。

提示： ISO 400~800属于中感光度，这种感光度降低了手持相机拍摄的难度，提高了在低照度条件下拍摄的安全系数，使成功率提高。

ISO 1600~6400是高感光度，过高的感光度设置会让噪点明显。这种高感光度设置通常是在拍摄的条件太差时使用，一般在照明光线能够让画面显示出清楚的景物时都不建议使用高感光度设置。

感光度设置为1600时拍摄的效果　　　　感光度设置为200时拍摄的效果

9.3.6　避免强光直射

夜间拍摄，应该尽量避免近距离的灯光或迎面的强光直射镜头，防止产生光晕，造成整个影调严重发灰。

近距离的强光直射，容易让照片产生光晕，影响影调，而且曝光不容易把握

9.4 夜景主题摄影

夜景是广大摄影师爱好的拍摄题材，特别是现代灯光的使用，使都市的夜晚美轮美奂。本节将介绍不同夜景主题摄影的方法，以及展示部分优秀作品。

9.4.1 城市夜景的拍摄

城市由于人口密集，住宅密布，景物比较杂乱，因此，夜景拍摄者一定要明确创作意图，从而选择一定的角度和景物。拍摄城市夜景，选择角度要适当，过高或过低的角度，都易使路旁楼房变形。另外，拍摄位置也应该选择不易被冲撞和不妨碍交通的地方，选择地段应是灯光集中、车辆集中、楼房集中和具有某些特点的地方。如果是拍摄道路的景色，则最好能到一个高处，以鸟瞰的角度拍摄道路的全景。

以鸟瞰的角度拍摄道路的全景，可以体现整体景色的气势和灯光效果

在时间的选择上，一般可以选择在入夜灯光最灿烂的时候，如果能挑在节日的夜晚拍摄效果更好，因为节日期间，各街道、商店和市容、橱窗进行整理和布置，而且较大的建筑物也都增添了彩灯、霓虹灯和标语，在这样的气氛下拍摄的画面会显得更加繁荣和美观。

提示： 在节日的时候拍摄夜景，可以将一些突出节日气氛的元素加入照片中，例如节日下的人们、圣诞节时的圣诞树等。

纽约时代广场夜景　　　　　　　　拉斯维加斯的街道夜景

悉尼Circular Quay夜景　　　　　上海金贸大厦、环球金融中心大厦夜景

9.4.2　城市焰火的拍摄

拍摄焰火，需要事先了解焰火的发射方向，确定拍摄的角度和地点。

如果要拍摄焰火的全部过程，可以先把相机架好，等焰火将要升放时，打开相机B门，然后任其在拍摄范围以内的夜空中开花、飘荡，直至熄灭，以完成全程拍摄。

如果拍摄焰火的部分过程，等焰火开放后，在将要开花或开花时打开快门，拍摄最具有代表性的一刹那。

拍摄焰火全景的效果 1　　　　　　　　拍摄焰火全景的效果 2

拍摄焰火开放的效果 1　　　　　　　　拍摄焰火开放的效果 2

9.4.3　夜景人像的拍摄

　　夜景人像是一种比较特殊的人像照片创作类型，因为背景和人物上的光线都不足，需要外加设备来补充光线。虽然如此，拍摄夜景人像也是很有意思的，在这种环境下进行摄影，让摄影效果别具一格。

　　对于一般夜景人像的拍摄，背景总需要长时间的曝光才能在相片上留下正常的曝光效果，而一般拍摄人物的闪光灯摄影只需要很短的曝光时间就可以。因此在夜间拍摄人像时，可以使用手动曝光将快门速度调到比较慢的状态，同时强制打开闪光灯拍摄。

　　在拍摄的时候选用不同的镜头对夜景人像来说有不同的效果，不同的镜头，可以让摄影者能够通过不同的焦距以及光圈控制背景画面，以获得最佳的摄影效果。

夜间拍摄人像，使用手动曝光并将快门速度调到比较慢的状态，以获得良好曝光效果

　　另外，夜间拍摄可以使用多个闪光灯进行补光(假设有多个闪光灯的话)，以便可以获得更佳的拍摄效果，这一点在拍摄夜景人像的时候也经常被专业摄影师使用。变化这些闪光灯之间的角度组合，或者不同的闪光灯输出量，以及闪光灯的焦距设置，可以获得多种多样的人像效果，体验夜景摄影的无穷乐趣。

单个闪光灯补光有时无法拍摄到好的效果　　多个闪光灯补光，人像明暗反差明显降低

9.5　本章小结

　　本章主要介绍了夜景拍摄的特点、基本方法和相关技巧，并通过城市夜景拍摄、城市焰火拍摄和夜景人像拍摄三个主题拍摄来说明夜景拍摄的各种方法的运用。

第10章

人像摄影的方法和技巧

人像摄影的基本方法

人像摄影需要突出人物特点和环境气氛，通过本节的学习，可以掌握人像摄影的用光技巧和构图方法。

儿童摄影的方法和技巧

儿童是很好的拍摄对象之一，因为儿童的天性是天真和快乐、所以拍摄者可以很容易捕捉到儿童的原始情感。通过本节的学习，可以掌握儿童摄影的各种方法和技巧。

模特摄影的方法和技巧

模特摄影是摄影行业中最常见的人像摄影，通过掌握模特摄影的基本方法和技巧，可以提升自己的摄影水平，拍摄出高素质的模特相片。

全家福摄影的方法和技巧

通过全家福相片，可以体现出家庭的完整、和谐。拍摄一张出色的全家福相片，除了要掌握一定的摄影方法外，还需要懂得相关的技巧。

10.1 人像摄影的基本方法

所谓人像摄影，是指通过摄影的形式，在照片上用鲜明突出的形象描绘和表现被摄者相貌和神态的作品，它是被摄者自己的影像写真。本章将介绍人像摄影的一些基本方法。

10.1.1 用光的基本方式

在人像摄影中，无论是室内还是室外，光线的选择和运用都对摄影的效果有很大的影响。

摄影的用光目的一般有两个，表达真实感和美感。这两方面可根据摄影师个人的创作意图来展现。

1. 正面光

正面光可产生一个没有影子的影像，清晰表现人物的细节，令人物的正面让人一览无遗。但是，由于深度和外形是用光和影子的时间排列来表现的，因此，正面光往往会产生平板的两维感觉。

如果条件允许，可以使用柔光灯箱发出的正面光。之所以采用柔光灯箱，是因为它发出的光线较为均匀，便于控制。

使用柔光灯箱发正面光拍摄的效果

如果没有柔光灯箱，则可以通过室外的自然光进行取光。但需要注意光是否正面照射在人物上，是否为人物的眼睛可接受的柔光。

段 拍客新主张——摄影篇

使用自然光从正面拍摄人物的效果

2. 45度侧光(前侧光)

45度侧光是室内人像摄影最常用的用光方法。室内拍摄人像使用的主要光线多数为45度侧光,这种光线能产生很好的光影排列,形态中有丰富的影调,可产生一种表现质感立体效果,能够体现良好的光和影的相互作用,比例均衡。因此,45度侧光一般被称作"自然光"。

使用45度侧光拍摄的效果

提示： 使用45度自然侧光拍摄，最好选择在上午九、十点钟和下午三、四点钟。因为这个时间的光线比较符合人们日常生活中的视觉习惯。

3. 90度侧光(正侧光)

当光线与被摄体成90度左右的角度时，这种光线则被称为90度侧光或正侧光。

90度侧光的特点是被照明人物明暗各半，有明显的影调对比，明暗面的比例也比较适中，可较好地表现被摄体的立体形态和表面质感。

但使用90度侧光要注意光比，光比不能太大，要控制在摄像允许的范围之内。另外，用这种光拍摄人物时，需要多考虑人物的姿势和角度，避免人像摄影时出现严重的阴阳脸。在表达有个性的人像摄影上常用这种侧光。

使用90度侧光拍摄人像的效果

90度侧光拍摄人像出现明显阴阳面

经过人物姿势的调整，减弱了阴阳面效果

4. 逆光(背光)

逆光拍摄人物可以表现细节，突出背景，在明亮背景前会产生剪影。

在大多数情况下，被摄者都与背光拉开一定的距离。这是因为光源的照明会随着距离的增加而明显地减弱，这样被拍摄者在有限的光源中不会完全遮挡光源或拍摄成黑色的剪影效果。

一般来说，正常情况下不建议使用逆光拍摄，但在某些特定的环境下可以采用逆光摄影，而在逆光摄影中，需要摄影师更加熟练地控制光线。这是因为逆光拍摄的反差大、变化多，而且被拍摄体主要部位大都处于阴影之中，因此拍摄的效果不容易掌握。

在逆光拍摄时，应以人物的高光部位为测光依据。如果是逆光拍摄近景，则可以使用适当的辅助光(用闪光灯或反光板等补光)来完成拍摄。

近光源的逆光拍摄，人物被拍成剪影效果

逆光拍摄近景并使用辅助光的拍摄效果

10.1.2　构图的基本方式

人像摄影的构图，相对其他摄影技法的构图而言是相对比较容易掌握的。因为人像摄影的构图有一个非常简单易学的构图要点可循，不像其他类型的摄影构图那样，要花大量的时间和心思去研究。

1. 特写

人像的特写指画面中只包括被摄者的头部(或者有眼睛在内的头部的大部分)，以表现被摄者的面部特征为主要目的。

在拍摄人像特写构图时，通常以构图框的上边距离人像头部顶端约20cm左右(以人像实际高度计算)，构图框的下边与人像胸部(胸口)位置上下约10cm左右切齐。这时，由于被摄者的面部形象占据整个画面，给观众的视觉印象格外强烈。

特写拍摄对拍摄角度的选择、光线的运用、神态的掌握、质感的表现等要求更为严格，摄影者需要仔细做好这种摄影造型的处理。

> **提示：** 拍摄人像特写不建议使用短焦甚至标准镜头，因为使用这种镜头拍特写必须离被摄体很近，在较近的距离拍摄人像时，鼻子到相机的距离比额头、下巴、耳朵到照相机的距离近，拍摄出来的照片会让人像的鼻子显得过大，同时容易歪曲被摄者的面部形象。因此，最好使用中长焦距的镜头拍摄，以便可以在稍远的距离里拍摄，避免透视变形。

常规性人像面部特写的拍摄效果1　　　常规性人像面部特写的拍摄效果2

　　除了画面包含整个人像的常规性人像特写拍摄方式外，摄影师还可以通过着重特显人像面部某部分的拍摄技巧或通过辅助物来处理特写，以获得一些特殊的艺术效果。这种处理手法，在一些人像模特的拍摄上常常用到。

强调人像局部的特写拍摄　　　　　　使用辅助装饰的特写拍摄

2. 近景

近景人像包括被摄者头部和胸部，甚至到腰部的形象。构图时直构，并以构图框的上边距离人像头部顶端约20cm左右(以人像实际高度计算)，构图框的下边则与人像腰部(可以肚脐眼为中心)位置上下约10cm左右切齐。

这种近景人像拍摄又被称为半身拍摄，它以表现人物的面部相貌和上身形象为主，背景环境在画面中只占极少部分，仅作为人物的陪衬。近景人像拍摄能使被摄者的形象给观众较强烈的印象。拍摄近景人像，最好还是使用中长焦距的镜头拍摄。

到人物胸部的近景人像拍摄　　　　到人物腰部的近景人像拍摄

3. 7分身

7分身人像往往从被摄者的头部拍到腰部以下膝盖以上的范围，除以脸部面貌为主要表现对象以外，还常常包括手的动作。这种拍摄的构图以人像为主，构图时直构，并以构图框上边距离人像头部顶端约20cm左右(以人像实际高度计算)，构图框下边，与人像膝盖部位上下约10cm左右切齐。

7分身人像比近景或特写人像画面有了更多的空间，因而可以表现出更多的背景环境，能够使构图富有更多的变化。同时，画面里由于包括了被摄者的手部、腰部、臀部等部位，因此被摄者可以借助这些部位产生多种姿态，让拍摄的效果更加丰富。

7分身人像摄影的效果 1　　　　7分身人像摄影的效果 2

4. 全身

全身人像包括被摄者整个身形和面貌，构图上一般使用直构方式，并以构图框上边距离人像头部顶端约20cm左右，构图框下边在人像的脚部以下约20cm左右切齐(以人像实际高度计算)。这种构图方式拍摄出来的照片，一般会容纳相当的环境，使人物的形象与背景环境特点都能得到适当地表现。这种拍摄方式在日常人像拍摄或婚纱摄影上都很常用。

全身拍摄的日常照　　　　　　全身拍摄的婚纱照

10.2　儿童摄影

相对其他人像摄影来说，儿童摄影是比较困难，而且需要很多技巧的摄影，例如用光、构图、色彩运用、虚实动静对比等。因为儿童好动、表情丰富，而且年龄小的儿童不容易受指挥，也不容易配合拍摄，所以需要发挥手上器材的优势，抓住最好的拍摄时机，这样拍出的儿童照片才会更自然、更接近生活、更深入儿童内心，看起来也更有味道。

10.2.1　新生儿宜使用自然光拍摄

新生儿对光的刺激特别敏感，如果用闪光灯给新生儿拍照，在闪光的一瞬间，对婴儿的眼睛刺激非常大。如果光线过强或闪光灯照射次数过多，时间过长，还会影响婴儿以后的视觉发育。

所以拍摄新生儿，切记不能使用闪光灯曝光，同时也避免到室外具有较强烈光线的地方拍摄，最好是在室内利用自然光进行拍摄。

在室内拍摄新生儿，要避免过于强烈的直射光，最好用白纱帘遮挡一下，让光线更柔和。如果光线不足的话，可以使用"反光板"进行补光（将反光板正对光源，让光线反射到宝宝面部），以减少阴影，避免照片反差太大。

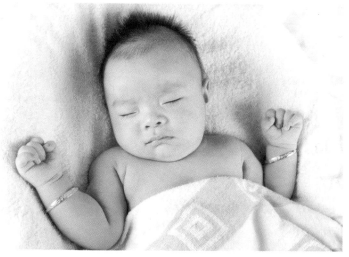

室内自然光拍摄新生儿

拍摄新生儿，不要让背景显得过于杂乱，以免破坏画面的和谐。如果觉得背景过于单调的话，可以添加一些小道具，例如一条鲜艳的毛巾，或者给宝宝带上一顶好看的帽子。

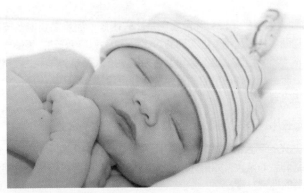

给新生儿添加一些小装饰，可以增加画面的观赏性

10.2.2 抓拍儿童最自然的表情

　　儿童好动、活泼、爱笑，这是他们的天性，也是人们喜欢看到并想拍下作为纪念的。但是儿童并不是随时随地都笑，给儿童拍摄需要注意多进行交流，儿童的笑容来自于交流。特别是在室内，儿童都会有所拘束，或者在陌生的环境里，儿童的表情也不够自然。此时可以与儿童一起游戏以及在游戏中与儿童进行交流，让儿童在交流中自然流露出最好的表情。

没有抓拍到儿童表情的拍摄　　　　　　抓拍到儿童天真表情的拍摄

除了抓拍儿童笑的表情外，还可以通过多次拍摄，抓拍儿童在各种状态下的表情，记录他的成长，也记录他的喜怒哀乐。例如，儿童笑的、哭的、怒的、发呆、搞怪的表情，这样才能让儿童的童年记录更加丰富多彩。

抓拍儿童各种各样的表情

10.2.3　多转换拍摄角度

多数家庭儿童的照片，基本都是摄影者采取站或蹲的位置，与儿童取平视角度来拍摄。这样的照片缺乏变化，呆板得成一个模式。

其实拍摄者可以多转换角度去拍摄，例如，与儿童平视角度拍，站高些俯拍，蹲下甚至躺下来仰着拍，尽量多些拍摄角度上的变化。

仰拍儿童照

俯拍儿童照

　　另外，拍摄时还要变化拍摄的距离及镜头的焦距，除了全身或大半身像，也要有特写和远景。

特写抓拍

　　摄影者除了用中长焦镜头，也可用广角镜头来转换拍摄角度，以获得特殊的拍摄效果。

使用广角镜头拍摄的效果

10.2.4 光线不足时的拍摄技巧

阴天可以实现比较柔和的光线反射，让被拍摄儿童的受光程度更加理想，但是有时候阴天的光线不足也是一个问题。相机在光线不足的情况下，需要使用较高的感光度，以获取更稳定的快门速度，但是高感光度又会给画质带来比较大的影响。因此，在光线不足时拍摄儿童，拍摄时除了使用高感光度以获得更稳定的快门速度以外，使用大光圈镜头也是一个获得更快快门速度的方法，而且可以保持相片的良好画质。

光线不足时使用标准镜头拍摄的效果

光线不足时使用大光圈镜头拍摄的效果

10.3　模特摄影

模特摄影是摄影行业中最常见的人像摄影，如今很多汽车展、数码器材展、消费电子博览会、时装展等都会在现场展示模特，甚至很多广告都需要模特进行棚拍。如何抓住模特最美的地方、最美的姿势、最美的眼神，是最考量摄影师技巧的问题。

10.3.1　通过姿势和动作体现美感

对于棚拍的模特，要选择适合模特容貌身段和气质的服装。不同的服装可以让模特呈现出不同的风采，好的模特能够体验服装的风格、特点，从而选择合适的姿势和动作。

但对于没有经过严格训练的模特，摄影师可以启发和帮助他们选择姿势和动作。在模特没有把握的情况下，可以让他们自由活动，伺机抓拍他们显露出来的某种性格气质与美感和谐的瞬间姿态，以充分展示模特，以至模特所显示商品的形与神。

> **提示：** 身体的姿势一般不取正面直线，因为取正面直线会显得严肃呆板，以曲线表现形体，脸部半侧朝向镜头等较有表现力。面部和身体的朝向应有一定差异，这样会显得既自然而又富于变化。

让模特转换不同的姿势和动作，配合商品拍摄的需要，表现最美的拍摄效果

如果是模特的艺术拍摄，一般要求模特的神态和姿势显得轻松随意。因为人的关节和线条包含了艺术的韵律，所以轻松、随意就能使人体本身具有的美得以充分发挥。相反，故作姿态、手脚无所适从等反而会破坏人的这份先天的美。一般来说，无论何种姿势，只要被摄人物感到轻松、舒适，旁人看上去就会比较自然，不会觉得僵化和呆板。

姿势守旧不够随意　　　　　　随意的姿势让拍摄效果更好

10.3.2 棚拍模特的光线布置技巧

棚拍模特人像常常采用比较单纯的背景，然后使用主光加辅助光的方式拍摄。在打光方面，一般采用光性较柔的灯，如以反光伞、柔光灯和雾灯等作为主光，然后搭配辅助光线来补光。

辅助灯应比主灯弱多少取决于想要的效果。如果需要几乎没有阴影和反差的效果，就可以用与主光强度相差不大的辅助灯。反之，如果想拍一张有较深阴影的高反差照片，则应采用较弱的辅助灯，或干脆不用辅助灯。为了追求自然效果，不妨从使用功率为主灯的1/3的辅助灯开始。

使用柔光灯来布置主光，可以获得柔和光线的拍摄效果

提示： 当模特受光不足或感光度提升有限时，可以打开相机闪光灯，以保证在当前快门下模特(主体)正确曝光；在光线充足的时候，也会用闪光灯打在其上面的反光板上进行补光。

为了能够烘托主体或渲染气氛，可以在模特身后添加背光。在模特身后增加一盏泛光灯或聚光灯作为背景灯，用于照亮模特身后的背景，这样可以使主体从背景中分离出来。但需要注意，背光不能过强。背光过强所产生的漫射光不仅很容易使镜头产生眩光，而且还会影响被摄物的光效。

提示： 背光的布置可以照亮整个背景，也可以有选择地照射背景的某个很小的区域。在放置背景灯时，要四处移动且尝试使用泛光灯和聚光灯，同时仔细观察不同背景灯产生的不同影调和效果。

添加背光，可以烘托拍摄的主体，让模特从背景中分离出来

　　除了使用背光，还可以使用修饰光来美化模特。修饰光指修饰被摄对象某一细部的光线，往往要和主光配合使用，目的是美化被摄对象。例如，人物的服装光、眼神光、头发、面部细部，以及用于场景某一细部的光线。

　　修饰光一般用于较小的灯具，运用修饰光不能显示出痕迹，更不能破坏整体照明效果。使用主光灯后，再使用一盏稍弱的小型聚光灯来单独照明，以便加强画面的气氛、空间感和细部变化。修饰光不能太强，照射的面积不能太大，以免破坏画面的整体效果，抢夺主体。

使用修饰光来美化模特，让模特的细部变化更加明显

10.3.3 用模特眼神来规划构图

拍摄人像照片时，眼神光是最重要的，精彩的眼神光能让模特焕发新的光彩。

在拍摄模特特写或近景时，模特的眼睛往往是画面中最重要的部分。特别是被摄者直视镜头的时候，模特仿佛不自然地会与画面中的人物进行交流。摄影师需要去体会对方的心情，或悲或喜，从而抓住生动的眼神，让它成为构图的亮点，让拍摄出来的效果更加有神髓。

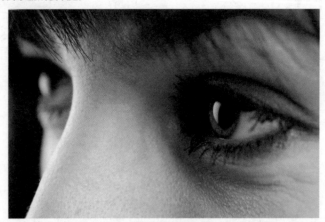

不够生动的眼神捕捉

捕捉到犀利的眼神

当模特的眼睛没有注视镜头时，这时拍摄需要在人物的视线方向上保留一些想象空间，使眼神成为构图的延伸。

这个角度下，模特眼睛望向镜头，没有构图延伸，效果一般

相同角度下，模特眼睛没有望向镜头，视线方向成为构图的眼神，拍摄显得专业

10.3.4　展会模特的拍摄技巧

在层出不穷的时尚博览会上，各类产品和现场展示模特都成为摄影爱好者镜头的焦点。但是，在展会这种比较复杂的环境下拍摄好模特并非容易，这就需要摄影者掌握一些技巧了。

1. 现场吸引模特的注意

在展会的模特早已有心理准备迎接各种各样的拍摄，他们不会只为你一个人拍摄，而是移动或经常变化姿势、方向。如果要拍摄到好看的照片，首先摄影师要主动和模特沟通，例如拍摄前跟他们打个招呼，叫他们注意镜头。当模特面向自己的镜头时，要快速完成构图和拍摄，避免模特转头后摄到类似偷拍的作品。

模特没有面向拍摄者时拍摄的效果　　　　模特面向拍摄者时拍摄的效果

2. 现场准确把握抓拍时机

通常展示的模特面对很多摄影者，眼神固定在一个方向的时间很短，这就要求摄影师非常准确地把握抓拍时机，避免拍出的相片无法体现模特的神态。

没有准确把握抓拍时机的相片　　　　抓拍时机得当，人物神态得以体现

3. 避免前景被遮挡

展会常常都会有很多人，所以拍摄前找到一个好位置，取得一个好角度拍摄模特是非常重要的。切记不能在人群后进行拍摄，或者拍摄时主要前景有物体或人遮挡了镜头。

前景被人遮挡不能突出模特主体

4. 避免高感光度导致的细节损失

展会内一般都会有灯光，这会导致现场的光线很复杂，没有自然光那样单纯和明亮。因此，一些没有经验的摄影者会将相机的ISO(感光度)设置得很高，以获得更多的曝光。

但是，高感光度会导致影像细节损失、色彩失真、噪点和色斑增多。那么，到底感光度应该怎样设定才能既保证良好的画质，又令手持拍摄清晰呢？根据经验，当今多数数码单反相机在ISO 800以下画质较好，而消费型数码相机包括长焦机和卡片机都适合使用ISO 400以下的感光度。

换个角度拍摄避免前景遮挡，模特被突出

高感光度让相片损失细节，噪点增多　　适当的感光度可以保持相片细节和色彩

5. 适当使用大光圈镜头

　　选择大光圈镜头可以换得更浅的景深，更好地突出现场模特。在ISO相对无法提高及没有防抖或防抖有限的情况下，大光圈镜头能获得更高的快门，可以确保画面清晰。

　　使用大光圈镜头时，注意光圈不能过大。因为过大的光圈拍摄的相片景深相对比较浅，这样会让相片模糊范围比较大，画质没那么好。建议将光圈收一至两挡，以便减少景深，拍摄更佳画质的作品。

使用大光圈镜头拍摄的模特效果

10.4　全家福摄影

全家福相片是家庭最常见的相片类型之一，拍摄全家福，可以抓住全家幸福的时刻，通过全家福相片，可以体现出家庭完整、和谐。但是，什么时候拍全家福？怎么拍全家福？这些都是拍摄师需要考虑的事情。

10.4.1　全家福拍摄的时候

理论上全家福在任何时候拍摄都可以，只要人齐了就可以随时随地拍摄。但是有经验的摄影师，会挑选最佳的时候拍摄全家福。例如，春节的节庆时刻，新居入住、生日、毕业典礼等特殊时刻。

春节时候拍摄全家福，可以表现家庭的喜庆气氛

除了特殊的时间点，在特殊地点也是拍全家福最佳的时刻，例如，全家去旅游，可以在景区里找到漂亮的背景拍摄全家福。

旅游时拍摄的全家福

10.4.2　全家福拍摄前的准备

　　要拍摄一张出色的全家福，需要考虑很多因素，例如，怎样安排每一个人的位置，他们是一起站着、坐着还是跪着等。有经验的摄影师会预先在脑海里思考一个大概的位置，而且可以在有限的空间里给每个人安排好一定的位置，以免拍出的照片里少了人。

　　除了安排位置外，摄影师还需要考虑到每个人的穿戴。在喜庆的场合，一般会穿戴明亮颜色的服饰，此时在背景上最好选择能够与人物产生比较强烈对比的背景。在旅游，则一般穿戴休闲且颜色偏浅的服饰，这时候拍摄就不会选择过于复杂和颜色鲜艳的背景，以免有喧宾夺主之嫌。

　　如果是背景没办法改变，那么可以通过改变构图来突出全家福里的人物，例如，将横构变成直构，或者拉近镜头，让全家人占据大部分的画幅。

背景过大，喧宾夺主

拉近镜头，突出全家福的人物主体

如果需布置背景，那么可以先将背景布置好再进行拍摄，例如提供家人坐的椅子。如果是针对某种时刻或场合拍摄的，就要进行针对性的布置，例如，要拍摄圣诞节的全家福，就需要将圣诞树准备好，条件允许的话还可以布置雪地场景，再添加一些小鹿道具、圣诞帽和糖果等装饰物件。

拍摄前根据主题布置背景

根据圣诞节主题拍摄的全家福

10.4.3 室内全家福的构图处理

拍摄全家福对器材的要求并不高，普通DC和广角超过35mm的数码单反相机就可以胜任。

在室内拍摄全家福时，一般使用方正的构图。

如果人数较多，则需要注意一下构图和拍摄距离。如果人数多，并且是拍摄全身或

人数众多时采取较远距离拍摄

者半身像，一般都使用横幅方正的构图方式。如果使用广角镜头拍摄，为了避免人物变形的问题，一般不采取过近的距离拍摄。

如果人数众多，排列的范围太大，可以分两排安排人物。如果使用广角镜头且拍摄距离有限，不要让第二排的人水平排列，最好是以弧形排列，这样拍摄时容易进行构图，同时避免两端人物发生轻微变形的问题。

人数过多且拍摄距离有限时，可以通过排列人物来获得良好的拍摄效果

10.4.4　室外全家福的构图处理

在室外拍摄全家福的构图比室内拍摄时更加灵活。以旅游为例，在旅游时拍全家福，可以让人物的位置和姿势随意变化，甚至特意安排一些特别的人物位置组合来满足不同拍摄方式的构图。

例如让家人一个跟着一个，使用垂直方式来构图；或者让家人站在一边，与景物构成对分式构图。

对分式构图方式的全家福拍摄效果

通过人物位置的编排可以获得更多的构图

10.4.5　巧妙使用跟随拍摄方式

全家福的拍摄，并非都一贯使用静止的方式拍摄，有时也可以通过移动的方式拍摄。特别是人物在玩耍时，跟随拍摄可以更好地把握人物的神态，这种方式拍摄出的全家福更加生动，更加有活力。

使用跟随拍摄方式可以拍摄出生动的全家福相片

10.5 本章小结

　　本章主要介绍了人像拍摄的内容，其中包括人像拍摄的基本方法以及拍摄儿童、拍摄模特、拍摄全家福等类型相片的方法和技巧。通过本章的学习，读者可以掌握人像拍摄的基本功，同时学会多种针对不同类型人像拍摄的技巧。